KB041160

DREAMBOOKS

천라
검형

한성수 신무협 장편소설

ORIENTAL FANTASY STORY & ADVENTURE

1

dream
books
드림북스

천라검형 1 호검관주(護劍館主)

초판 1쇄 인쇄 / 2014년 11월 17일
초판 1쇄 발행 / 2014년 12월 1일

지은이 / 한성수

발행인 / 오영배
책임편집 / 편집부
펴낸 곳 / (주)삼양출판사 · 드림북스

주소 / 서울특별시 강북구 솔샘로67길 92
대표 전화 / 02-980-2112 팩스 / 02-983-0660
편집부 전화 / 02-980-2116 팩스 / 02-983-8201
블로그 / blog.naver.com/dreambookss

등록번호 / 제9-00046호
등록일자 / 1999년 3월 11일

© 한성수, 2014

값 8,000원

ISBN 979-11-313-0181-4 (04810) / 979-11-313-0180-7 (세트)

* 지은이와 협의하에 인지는 생략합니다.
* 잘못된 책은 구입한 곳에서 바꾸어 드립니다.

이 도서의 국립중앙도서관 출판시도서목록(CIP)은 서지정보유통지원시스템홈페이지
(http://seoji.nl.go.kr)와 국가자료공동목록시스템(http://www.nl.go.kr/kolisnet)에서
이용하실 수 있습니다. (CIP제어번호: 2014032998)

호검관주(護劍館主)

1

라형
천검

호접검무

한성수 신무협 장편소설

ORIENTAL FANTASY STORY & ADVENTURE

dream
books
드림북스

목차

서(序)

무림 중에 내 이름은 전혀 알려져 있지 않다. 불완전한 상태인 족적을 굳이 남기고 싶지 않았기 때문이다.

나의 무공의 근원은 하나의 검로(劍路)다.

고인의 유진을 얻은 후 스스로 단련하고, 함께 얻은 한 자루 철검과 함께 천지에 엎드려 절하고 무림에 나섰다. 홀로 수련하여 얻은 진결을 실전을 통해 완성해 보고 싶은 욕심에서였다.

당시 내 나이 스물여섯.

삼십여 차례의 비무 끝에 절정에 도달한 현인을 만나게 되니, 그의 이름은 장천사(張天師)로 현문의 공부에 달통해 있었다. 정말 쉽지 않은 상대였다.

그래도 나는 백 초식 만에 그를 이길 수 있었다.

고인의 검로 중 깨닫지 못했던 요결 몇 개를 깨우친 덕분이었다.

이후 서른한 살이 될 때까지 나는 단 한 번도 어려움을 겪지 않았다. 장천사를 뛰어넘는 자를 만날 수 없었기 때문이다.

하지만 하남(河南)의 십대 고수는 강했다.

소림사(少林寺)의 제일 고수를 비롯해 정주(鄭州)의 검각(劍閣), 개봉(開封)의 개방(丐幫)등에서 나온 자들과의 연전은 무척 힘들었다. 모두 한 방면을 달통한 고수들이라 생사의 경지를 몇 번이나 뛰어넘어야만 했다.

그래도 장천사를 뛰어넘는 자는 없었다.

내게 실수를 만들어 내지 못했다.

나는 꼬박 일 년이 넘는 동안 하남을 종횡하며 십대 고수 모두를 이겼고, 그 뒤 이어진 추격 역시 따돌리는 데 성공했다. 몇 개의 상처를 입었으나 그다지 대수롭지 않았다.

그러나 사십 세를 넘어서 천하를 종횡하며 걸어온 행적을 뒤돌아보니, 한 가지 미진함을 느끼게 되었다. 그때까지도 고인이 남긴 검로의 요결 모두를 완성하지 못한 것이 마음에 걸린 까닭이었다.

태어날 때부터 몸에 지닌 재능의 부족!

그로 인해 완성치 못한 검로를 통해 이뤄낸 성과가 불만족스러웠다. 천리를 얻지 못해 운이 없었거나 충분한 무공의 완성을 이루지 못한 자들만으로 얻어낸 성과란 판단이었다. 스스로의 미숙함을 통감할 수밖에 없는 대목이다.

그래서 더욱 깊은 도리를 터득하기 위해 나는 조석으로 단련을 거듭했고, 육십 세경 작은 깨달음을 얻게 되었다. 비로소 고인이 남긴 검로의 진수를 터득하게 된 것이다. 그리 생각되었다.

그 이래로 나는 특별할 것 없는 세월을 보냈다.

실로 오랫동안 궁구해 왔던 검로의 도리에 따른 삶에 들어섰기에 더 이상 부족함을 느끼지 않았다. 모든 무(武)와 예(藝)가 하나로 통하는 경지에 들어섰기에 일체의 사물에 대해 스승으로 삼을 것이 존재하지 않았다. 모든 것을 스스로 깨닫는 경지에 오른 것이다.

아아! 오만이었다······!

다시 삼십 년의 세월을 보내 하늘이 부여한 삶이 끝나기 얼마 남지 않았을 때였다.

우연히 전장의 한복판을 가로지르던 중 나는 놀랍게도

내가 갖지 못했던 천품의 소유자를 만나게 되었다. 구더기가 기어 다니는 시체 더미 속에서 끄집어내었다.

고민의 시간은 그리 길지 않았다.

나는 곧바로 장천사에게 얻은 금단의 비법으로 명을 늘리고, 평생 인연이 없던 제자를 키우게 되었다. 운명인 것처럼 그리하였다.

하늘이 내려준 천품의 소유자!

사부가 없던 나와 달리 고인의 심득을 전력으로 전수받는다면 상상조차 하지 못했던 무학의 신경지가 열릴지도 모른다. 만약 그런 게 진짜 존재한다면 말이다.

1장

멸천뇌운검(滅天雷雲劍)

폭호검(暴虎劍) 곽채산.

남이 아니라 스스로 무림명을 붙이고 다니던 낭인이다.

내외공 모두 삼류 수준.

전장에서 잔뼈가 굵은 터라 제법 싸움에 능하긴 했으나 제대로 된 무공 따윈 배운 적이 없다. 무림명 역시 어쩌다 속하게 된 오호문(五虎門)에 맞춰서 작명했을 정도였다.

그런 그가 작년 시월의 싸움터에서 절명했다. 장강 하구의 주도권을 놓고 오호문과 분쟁이 잦던 귀검추혼루(鬼劍 追魂樓)의 대대적인 기습전에 휘말린 까닭이었다.

삼류 낭인의 죽음이다.

피로 피를 씻는 강호 무림에선 그다지 특별할 것도 없는 일이라 할 수 있다.

게다가 귀검추혼루의 오호문 기습은 무림 전체를 뒤덮은 혈사의 시작에 불과했다. 곧 오호문의 배후인 남궁세가(南宮世家)가 참전했고, 놀랍게도 몰살에 가까운 타격을 입게 되었다. 이미 귀검추혼루에 엄청난 무공을 지닌 마공의 고수들이 집결해 있었기 때문이다.

— 신마혈맹(神魔血盟)!

오랫동안 무림상에 이름만이 거명되었던 대마세다.

그들은 갑작스럽게 세력을 규합해 파죽지세로 강북 무림을 휩쓸어 버렸다. 무수히 많은 사마외도의 문파들을 휘하에 거두고, 구파일방과 오대세가, 삼대병기보로 대변되던 정파 천하를 위협했다.

그들의 폭압적인 위세에 구파일방 중 절반이 봉문했다.

오대세가와 삼대병기보는 더욱 심각했다.

절반이 넘는 세력이 멸문에 가까운 타격을 입었고, 남은 가문 역시 상황이 그리 좋진 못했다. 남은 문파들과 힘을 합쳐서 정천맹(正天盟)을 조직했으나 정파 무림은 풍전등화(風前燈火)나 다름없었다. 신마혈맹의 북상을 막기엔 역

부족이었다.

한데, 갑자기 상황이 급변했다.

완전히 달라져 버렸다.

폭호검 곽채산의 죽음이 그의 유일한 친구에게 전달되고 난 이후의 일이다.

　　　　　　*　　　　*　　　　*

기련산(祁連山).

감숙성(甘肅省) 제일의 산.

남산이라고도 불리며, 장액 서남방에서 시작하여 청해성(靑海省) 성계까지 뻗쳐 있다. 산맥의 길이는 수천 리나 되며 서쪽으로는 아미금산 산맥과 연결되어 있다.

천하 무림을 공포에 젖어들게 한 마세(魔勢), 신마혈맹의 총단이 위치한 곳 답달까?

산맥이라 하기에 부족함이 없는 기련산의 마디마디에는 마치 손가락을 세운 듯한 봉우리들이 우뚝 솟아 있다. 구름을 불쑥 뚫고 하늘을 떠받들고 있으며, 깍아지른 벼랑은 흡사 병풍을 연상케 한다.

게다가 벼랑과 벼랑 사이에 좁다랗게 파여진 계곡은 하나같이 지옥의 입구와 같다. 좁고도 길며 음산하여 사람의 간담을 서늘하게 만들기에 부족함이 없다.

지형적으로 음기가 아주 왕성한 장소!

그런 곳에서 신마혈맹은 암흑의 마수를 키웠고, 천하 무림을 순식간에 혈세했다.

그들은 무차별적으로 중원으로 진군하여 수백 개나 되는 군소문파를 병탄하고 몰살했다.

사마외도는 철저하게 받아들이고, 정파의 씨앗은 철저하게 말살해 버렸다. 그런 식으로 중원을 정복해 나가고 있었다. 지금 이 순간에도 계속 말이다.

저벅! 저벅!

눈앞에 길게 이어져 있는 계단.

끝이 없을 것 같은 그곳을 적천경은 묵묵히 걸음을 옮기며 검을 날렸다.

자유롭게 움직이는 검!

언제나와 마찬가지로 살아 있다. 마음껏 약동하고 있다.

녀석은 제 마음대로 궤적을 그리고, 피의 꽃을 그려낸다. 한 치의 거짓됨도 없는 움직임이다.

완벽하게 호흡과 하나로 존재하는 검!

조금의 오차도 없다.

단 한 번의 망설임도 존재하지 않는다. 사부님에게 전수

받은 검로와 완전히 동화된 까닭이다.

검과의 동화!

감정을 지운다.

어떤 살육이든 상관없이 검을 날린다. 죽음을 쌓아간다. 그 모든 것이 완벽하게 하나된 검로, 그 자체이기에.

그러다 작은 변화가 찾아왔다.

적천경이 앞을 가로막고 선 자에게 여태까지와 마찬가지로 자연스럽게 검을 길게 내뻗었을 때였다.

움찔!

계단을 오른 후 처음으로 검은 피의 꽃을 피어내지 못했다. 실패했다. 상대방이 검을 피해 낸 것이다.

그리고 눈앞에서 움찔거리며 정신없이 뒤로 물러나고 있는 붉은색 장포의 노인!

고수다.

이 계단에 들어선 후 처음으로 만난 진짜 고수다.

하나 단지 그뿐.

더 이상 달라질 건 없었다.

이후 노인이 맞은 최후는 족히 일천 번이 넘게 적천경의 앞을 가로막았던 자들과 그다지 다르지 않았다. 단지 조금 늦춰졌을 뿐이었다.

슥!

적천경이 자연스럽게 발끝으로 지축을 밟는다. 조금 더 속도를 내기 위해서였다.

이어 다시 앞으로 내뻗어진 검!

여전히 최단의 거리를 향했고, 눈앞의 핏빛 안광을 한 노인이 건장한 몸을 움찔거렸다. 그의 목에서 순간적으로 살 팍한 혈선이 그려졌다. 번져 나왔다.

노인의 커다랗게 확장된 동공!

여전히 핏빛으로 물든 눈동자에는 두려움이 어려 있다. 믿을 수 없다는 심정이 담겨 있다.

잠시뿐이다.

다음 순간 전신이 온통 핏빛으로 물든 노인의 전신에서 엄청난 숫자의 혈선이 일어났다.

최후의 한 수!

숨겨 놨던 비장의 절초일 터였다.

혈무(血霧)와 같은 붉은 기운이 거미줄처럼 사방으로 퍼지더니, 곧 맹렬한 회오리를 형성한다. 마치 몸속의 피를 한꺼번에 쏟아낸 것 같다.

굉장한 광경!

천지가 몽땅 박살 나는 것 같다.

하나 적천경에겐 그저 헛된 짓이었다. 쓸데없는 발악에 불과했다. 기껏해야 자신이 과도하게 쌓아놨던 전신 내력을 몽땅 쏟아 내어 동귀어진하려 함을 눈치챘기 때문이다.

스파앗!

적천경의 검이 공간을 갈랐다.

노인이 만들어 낸 핏빛 강기의 회오리를 곧장 찔러갔다. 폭발을 앞둔 혈선의 핵심부를 일도양단한 것이다.

그러자 노인의 얼굴에 드러난 불신의 감정!

한순간 인간이 만들어 낼 수 있는 모든 종류의 감정을 쏟아 낸 노인의 목이 잘려 하늘로 날아올랐다. 그가 만들어 냈던 혈무 역시 사방으로 흩어져 버렸다. 적천경과 하나가 된 검이 만들어 낸 세 번째 검초가 만든 결과물이었다.

풀썩!

목을 잃은 노인이 바닥에 무너져 내렸다.

그리고 적천경은 드디어 계단의 끝에 도달했다. 노인을 마지막으로 더 이상 앞을 가로막는 자는 존재하지 않았다.

"훅!"

아니다.

또 하나 있었다.

노인을 쓰러뜨리고 계단의 끝에 도달했을 때 적천경의 입에서 탁한 숨이 터져 나왔다. 숨결 역시 거칠어졌다. 천 개나 되는 계단을 검을 휘두르며 올라오는 동안 한 번도 없었던 일이 발생한 것이다.

사부님!

거짓말을 했다.

진경(眞境)에 오른 검로는 처음과 끝이 동일해 어떤 때라도 전혀 힘이 필요치 않다더니, 그렇지도 않다. 고작해야 천 번가량 검을 휘둘렀다고 이런 꼴이 되었으니 말이다.

아니면…….

이 볼품없는 검 때문인가?

하긴 적천경이 살펴보니 어느새 검신은 날도 군데군데 빠지고 녹슨 데다 혈조 가득 피딱지가 엉겨 붙어 있었다.

— 폭호검 곽채산!

툭하면 거짓말이나 하고 한심하게 웃길 좋아하던 삼류 무사가 들고 다니던 것 같게 정말 쓸모가 없다. 이딴 걸 휘둘러 댔으니, 평소와 달리 고생한 것도 무리는 아닐 것이다.

하지만 뭐, 이젠 괜찮다.

상관할 바 없다.

이걸로 오래전 전장에서 나눴던 약속은 지켰다. 아무것도 없던 시절의 적천경과 친구가 될 정도로 한심한 바보 녀석과 했던 바보 같은 약속을 말이다.

그러니 이젠 좀 쉬어야겠다.

지쳤다. 정말로……

　　　　*　　　　*　　　　*

우뚝!

기련산의 험로를 묵묵히 걷고 있던 누더기 차림의 적천
경이 갑자기 멈춰 섰다.

산발한 기다란 모발에 가려진 얼굴.

일견 이십 대 초반에 준수해 보이는 용모이나 군데군데
피와 땀에 젖어서 보는 이를 소름 끼치게 한다.

본래 청색이었던 무복 역시 마찬가지다.

사방에 들러붙은 검붉은 피딱지로 인해 흉험함, 그 자체
다. 방금 전 전장에서 혈전을 벌이고 탈영한 병사라 해도
무방할 듯한 외양이다.

어쩔 수 없다.

적천경은 홀로 천하를 혈세하던 신마혈맹의 총단을 피로
씻은 후 기련산중을 헤매고 다닌 지 이미 사흘째였다.

중간에 산짐승을 잡아먹고, 풀잎에 맺힌 이슬로 목을 축
였다곤 하나 목이 갈라지는 것까지 막을 순 없었다. 탁성
속에 담긴 기백이 사람의 심사를 서늘하게 만든다.

"나와!"

"......"

대답은 없었다.

후다닥!

대신 험로의 곳곳에 자리 잡고 있던 음습한 수풀 속에서 한 명의 대머리 장년인이 뛰어나왔다.

보통 사람을 월등히 웃도는 듬직한 체구.

불룩한 아랫배와 비대한 몸을 풍채 좋게 바꿔 놓은 건 몹시도 화려한 황금빛 비단 예복이었다.

황제나 걸친다는 화려한 자황포!

상계에 대해 조금만 아는 자라면 중원 삼대 거상 중 하나인 황금왕(黃金王) 황대구의 상징임을 쉽사리 알 수 있을 터였다. 그만이 이런 옷차림에 어울리는 사람일 테니까.

"푸허헛! 과연 혈천등선로(血天登仙路)를 정복한 용자로다! 진정한 무림의 대영웅이로다!"

"혈천등선로?"

"그 신마혈맹 총단에 있던 계단을 일컫는 말이외다."

"아!"

그제야 이해했다는 듯 고개를 끄덕이는 적천경의 모습에 황대구가 잠시 입을 벌렸다. 듬직한 체구와 더할 나위 없이 잘 어울리는 후덕한 표정 역시 살짝 얼어붙었다. 적천경의 이와 같은 태도에 혼란을 느낀 때문이었다.

잠시뿐이었다.

곧 황대구는 다시 입가에 활짝 미소를 매단 채 적천경에게 다가들었다.

찰랑!

어느새 그의 손에 들려져 있는 가죽 주머니.

그 속에서 흔들리고 있는 진한 물의 내음을 맡은 적천경의 눈이 강한 기운을 발했다. 어느새 목구멍으로 침이 꼴깍 넘어가고 있다.

탁!

고민할 필요가 없다.

재빨리 가죽 주머니를 낚아챈 적천경이 마개를 열고 입안으로 물을 들이부었다. 뒤는 조금도 생각하지 않고 해갈에만 집중했다.

그러자 황대구가 이중 턱에 손을 가져다 대곤 천천히 고개를 끄덕여 보였다.

"허허, 배포 역시 놀랍구료. 생면부지의 사이에 아무런 의심도 없이 본왕이 건네준 물을 그렇게 덥석 마시다니! 아니면 이미 무공이 전설적 경지인 만독불침(萬毒不侵)에 이른 것일지도……."

"여기 독 들었나?"

"……그럴 리가 있겠소이까? 하나 이곳은 아직 혈천등선로에서 크게 떨어지지 않은 장소라 소영웅에게 멸망한 신마혈맹 총단의 잔존 세력이 남아 있을 가능성이 높소이다. 소영웅의 무력이 비록 하늘을 찌를 정도이나 마인(魔人)들의 귀계란 음험하기 이를 데 없을 터인즉 매사에 조심함이 옳지 않겠소이까?"

"……."

"즉, 본왕의 선한 인상과 만인을 편케하는 풍채를 너무 믿지 않는 게 좋을 거란 뜻이외다."

적천경이 그제야 입에서 가죽 주머니를 떼어 내고 황대구를 바라봤다.

참 낯짝이 두껍다.

이런 식으로 매사 자신을 높이는 자는 보기 힘들다.

어찌 됐든 그의 말도 틀린 건 아니다. 조금쯤 고민해 볼 필요가 있을 터였다.

"왜 내 뒤를 몰래 쫓아 온 거지?"

황대구가 기다렸다는 듯 뒤로 한 걸음 물러섰다.

풍만함이 느껴지는 상반신 역시 슬쩍 숙여 보인다. 조금 더 공손해진 말투와 함께다.

"본왕은 오랫동안 신마혈맹의 재정을 담당하고 있던 자이올시다."

"그래서 복수라도 하려는 건가?"

"그럴 리가! 본왕은 소영웅이 신마혈맹의 총단을 붕괴시켜줘서 무척이나 감사하고 있소이다!"

"그동안 꽤 뜯겼나 보군?"

"십 년 동안 본왕이 이끌던 상단의 수입 칠 할을 빼앗겼소이다. 여태까지 망하지 않은 게 다행일 정도지요. 그래서 조그만 사의(謝意)를 표하고자 하외다."

"사의?"

적천경이 반문한 것과 동시다.

황대구가 넉넉한 덩치 뒤에 숨겨져 있던 포단에 휘감긴 길쭉한 물건을 꺼내더니, 두 손으로 받쳐 정중하게 내밀었다.

"주인이시여! 이게 바로 신마혈맹의 절대마병(絕對魔兵) 멸천뇌운검이외다! 부디 이 검을 치켜들고 무림 황제의 자리에 오르시기 바라오!"

"무림 황제?"

"그렇소이다! 멸천뇌운검은 신마혈맹의 혈천등선로를 정복해야만 사용할 수 있는 지존신물이외다. 본왕의 보좌와 재력이 함께한다면 주인께서 중원에 남아 있는 신마혈맹의 마인들을 굴복시킨 후 무림사 최초의 일통강호를 이룩하는 것도 결코 문제가 되진 않을 거외다. 무림 황제가 되어 천하의 주인이 되실 수 있다는 뜻이오. 그러니 부디 천명(天命)을 받아주시오!"

엄숙한 선언이었다.

그와 함께 황대구가 포단을 끌러 내자 일시 붉은 광채가 뻗치며 한 자루의 고색창연한 검이 모습을 드러냈다.

'검갑에 갇힌 상태에서도 꽤 좋은 검기를 흘려내고 있잖아?'

적천경의 눈이 슬쩍 가늘어졌다.

얼마 전 녹슨 검을 들고 싸우다가 죽을 고생을 했다. 갑자기 신병이라 할 만한 검을 보자 탐심이 일었다. 그냥 지켜보고 있기 힘들 정도다.

슥!

전과 동일하다. 마음이 인 순간 손을 뻗어 황대구에게서 멸천뇌운검을 낚아챈 적천경이 검갑 채 이리저리 살펴보곤 입가에 흐릿한 미소를 만들어 냈다.

그러자 황대구의 표정이 은밀해졌다.

"주인이시여! 본왕의 뜻을 따라 주시는 거외까!"

"전혀."

"예?"

"이 검은 내가 갖겠다. 하지만 일통강호나 무림 황제 따 윈 내 알바 아냐."

"그, 그럼 어째서 신마혈맹의 총단을 박살 내고 혈천등
선로에 오른 것이외까?"

"약속이었다."

"약속?"

"그래."

짤막한 한마디와 함께 적천경이 멸천뇌운검을 도로 포단
으로 감싸곤 등에 짊어졌다. 더 이상 황대구와 대화를 나눌
이유가 없어졌기 때문이다.

황대구로선 다급해지지 않을 수 없다.

"혈천등선로의 끝에는 등천마선궁(登天魔仙宮)이 있고,
그 안에는 산과 같은 보물과 천 명의 미녀, 주지육림(酒池
肉林)이 펼쳐져 있소이다."

"그래서?"

"설마 그 모든 걸 포기하시겠다는 것이오? 아니, 그보다
이젠 어디로 가시려오?"

"어디로든."

"이대로 가시면 안 되오! 절대 안 될 일이오!"

황대구가 당황하여 어느새 저만치 앞서 걷고 있는 적천
경의 앞을 가로막았다.

그동안 그가 신마혈맹에 퍼부은 돈이 얼마던가!

이대로 적천경을 보낸다면 엄청난 손실이 확정된다.

그래서 막강한 무력과 달리 세상 물정을 모르는 듯한 애송이를 놓칠 순 없었다. 어떻게든 구워삶아서 신마혈맹의 새로운 혈맹주로 옹립한 후 일통강호를 시켜야할 터였다. 그래야 중원의 상계, 전체를 몽땅 한 손에 거머쥐고자 하는 원대한 꿈을 이룰 수 있지 않겠는가.

스릉!

그러나 그때 이미 적천경의 손에는 멸천뇌운검이 뽑혀져 있었다.

천공에서 떨어지는 벼락을 닮은 자색 뇌전!

당장이라도 황대구의 목을 베어 버릴 듯 차가운 살기를 던져준다.

"죽고 싶나?"

"그, 그럴 리가! 본왕은 절대 죽어선 안 되는 존재라오!"

"그럼 그냥 보내 주면 되는 거야. 나도 더 이상 사람 죽이는 거 피곤하니까."

나직한 툴툴거림과 함께 적천경이 황대구의 곁을 스쳐 지나갔다. 멸천뇌운검의 검기와 함께.

핏!

그 순간 홀러덩 밑으로 떨어져 내린 황대구의 바지.

그의 듬직한 체구와 전혀 어울리지 않을 만큼 부실한 아랫도리가 백주 대낮에 훤히 모습을 드러냈다.

"크어어어억!"

＊　　　＊　　　＊

햇살이 따갑다.

드디어 기련산을 벗어나 먼지만이 푸석거리는 관도를 따라 걷고 있던 적천경은 문득 발걸음을 멈췄다.

특별한 이유는 없다.

그냥 그리 되었다.

갑자기 전신에서 힘이 빠지더니, 발이 무거워졌다. 천근만근이란 표현이 적당하달까?

그러다 보니 등에 대충 매어져 덜렁거리고 있는 멸천뇌운검 역시 무척이나 귀찮게 느껴졌다.

입가에 매달린 한 조각 한숨과 함께 푸른 하늘을 올려다보니, 그곳을 떠다니는 구름조차 힘겨워 보인다.

적천경의 눈살이 절로 찌푸려졌다.

"역시……."

목소리가 갈라져 나온다.

"……중간에 흐트러진 호흡 때문인가? 하지만 어째서 한 달이 넘게 지났는데도 나아지질 않는 게지?"

혈천등선로라 했던가.

여태까지와 달리 무척 힘이 들었다.

사부에게 가르침을 받은 후 항상 유지하고 있던 진경에 오른 검로, 그 완벽함을 유지할 수 없었다.

완전히 망쳐버리고 말았다.

덕분에 호흡 역시 흐트러졌다. 사부에게 배운 마지막 가르침을 끝까지 유지할 수 없었다.

하지만 그래도 이건 지나치다.

정확히는 모르겠지만 사부의 말이 맞다면 이미 적천경은 검과 함께 내공 역시 진경에 올라있었다. 비록 중간에 흐트러짐이 있었다곤 하나 계속 이런 피곤함을 느낄 리 없었다.

그렇다고 더위나 피로 누적 따위를 느낄 몸은 아니다.

그런 생각만으로도 웃기다.

하물며 오랜 세월 자신과 하나였던 검을 귀찮게 여기다니!

멸천뇌운검이 희세의 명검이지 않아도 상관없다. 얼마 전까지 함께했던 평범한 철검이라 해도 이런 일은 결코 벌어져선 안 될 터였다.

스윽!

적천경은 등에 덜렁거리며 매달려 있던 멸천뇌운검을 꺼내 들었다.

순식간에 풀어져 나부끼는 포단 자락!

그사이로 드러난 멸천뇌운검의 신위는 처음 봤을 때처럼 찬연하다. 얼핏 고풍스러운 검갑이 다소 낡아 보이긴 하나 강렬하게 벼려진 검기가 모든 걸 압도했다.

― 검의 길을 걷는 자!

누구라 해도 이 같은 신병으로부터 손을 뗄 수 없을 터였다. 그만큼 매혹적인 검이다.

한데, 멸천뇌운검을 적천경이 천천히 하늘로 들어 올려 볼 때였다.

"……."

손아귀에 힘이 빠진 것인가.

툭!

갑자기 멸천뇌운검이 힘없이 바닥에 떨어졌다.

바닥에 나뒹군다.

더불어 떨어진 충격에 삐죽 검갑으로부터 튀어나온 검신.

붉은색 뇌전의 섬뜩한 예기가 적천경의 뇌리 속으로 불쑥 뛰어들어 왔다. 마치 자신을 내동댕이친 걸 항의라도 하는 것처럼 그리했다.

'이건 좀 미안한데?'

진심이다.

적천경은 전장(戰場)에서 처음으로 검을 손에 쥐었을 때. 아니, 전장의 시체 더미 속에서 사부에게 구출된 이후 처음으로 그 같은 기분이 되었다.

사부가 알면 이제야 검의 마음을 알게 되었다고 칭찬하려나.

그 같은 생각과 함께 적천경이 멸천뇌운검을 향해 손을 뻗으려다 흠칫 놀란 표정이 되었다.

노을빛을 닮은 자색 뇌전의 검신!

방금 전까지 노골적으로 그를 유혹하고 있던 검신이 갑자기 생경스럽게 변해 있었다. 군데군데 녹이 슬고, 이 역시 몇 개나 빠진 듯하다.

손질을 꽤나 오랫동안 하지 않은 게 분명하다. 오랫동안 유혹적이고 패도적인 자색 뇌전의 검기에 가려졌던 본래의 모습이 드러난 것이리라.

적천경은 잠시 동안 그것을 바라보았다.

그 시선에는 회한도, 열정도, 아쉬움도, 희망도, 그 어떤 것도 느껴지지 않았다. 갑작스레 절대마병에서 한 자루 쇳덩이로 변해 버린 멸천뇌운검 만큼이나 당혹스러웠다. 사부를 만나 그의 가르침대로 진경에 이른 검로만을 걸어왔던 단순하고, 의심 없는 삶 자체가 크게 흔들려 버리는 순간이었다. 마치 예정되었던 것처럼 그러했다.

언제부터 이랬던 것일까.

혈천등선로를 오르던 그때?

아니면 사부를 만나 순수하게 검을 손에 쥐었던 그때?

기억이 나지 않았다.

아니, 기억을 떠올릴 수 없었다. 애초에 검과 함께해 왔던 기억이란 게 지금은 천 근 무게의 바위덩어리보다 무거웠기 때문이다.

스윽!

결국 다시 멍한 표정이 되어 버린 적천경이 힘겹게 검기를 잃어버린 멸천뇌운검을 집어든 채 걸음을 옮기기 시작했다.

흐느적거리는 발걸음.

간신히 간신히 멸천뇌운검을 다시 등에 짊어진 그의 움직임은 둔하고 무거웠다. 그야말로 꿈속을 걷는 것이나 다름없다. 그런 느낌이었다.

그러다 문득 정신을 차려보니 뒤를 따르던 그림자가 이제는 앞서 있었다. 관도 위의 아지랑이처럼 의식이 흔들린다. 공간이 어디론가로 녹아들고 있었다. 눈꺼풀은 오래전부터 심각하리만치 무거워진 채 가벼워질 줄을 모른다.

그때 얼핏 입가에 실소 한 조각이 떠올랐다.

'그래, 난…….'

한쪽 입꼬리가 슬그머니 말려 올라갔다. 이제야 깨닫다
니, 참 바보 같다는 생각이 든다.

'……역시 사부님이 말씀하셨던 검을 완성하지 못했던
거야. 그런 주제에 그렇게나 마음껏 날뛰었으니, 이런 결
과도 어쩔 수 없는 거야. 이렇게 검을 잃어버리는 것도 말
야.'

뇌까림의 끝. 발걸음은 멈춰지고, 적천경의 몸이 천천히
무너져 내렸다. 앞을 향해서.

풀썩!

*   *   *

얼마나 걸었을까?

기련산을 떠난 후 거진 수개월 간 방향을 잃어버린 채 아
무렇게나 관도 위를 걷던 적천경이 갑자기 길바닥에 벌러
덩 드러누웠다.

그사이 더욱 꼬질꼬질해진 옷차림.

검기를 잃은 채 한 자루 녹슨 철검으로 화한 멸천뇌운검
은 어느새 허리춤에 대롱거리고 있었다.

당연하다.

이미 절대의 천품을 잃어버린 마병이다.

예전처럼 굳이 천 조각으로 가려놓을 이유가 없다.

게다가 저번에 떨어뜨린 후 다시 감쌀 만한 기력을 회복하지 못했다. 지금 역시 그 상태가 변한 건 아니었다. 마찬가지로 꽤나 심각한 무기력증에 빠져 있었다.

아니다.

그보다 더욱 심각하다. 걷지도 못할 만큼 지쳐서 길바닥에 누워 버리게 되었으니 말이다.

'어찌 되려나…….'

적천경은 하늘을 올려다본 채 멍한 표정을 지어 보였다.

전날과 하나도 변하지 않은 푸른 하늘.

뜨겁게 내려 쬐는 태양이 눈을 부시게 한다. 계속 눈을 뜨고 있기가 힘들다.

깜빡!

그래서 눈을 감았다.

사유의 흐름조차 멎어 버렸다. 극도로 지쳐서 어떤 것도 할 수 없는 지경에 이르고 말았다.

그렇게 흘러가기 시작한 시간…….

점점 적천경의 주변으로 사람들이 모여들었다.

관도?

도시와 도시를 잇는 길이라 생각했던 게 사실은 사람들

이 쉽사리 오고가는 대로변이었다. 극도로 지친 상태에서 하릴없이 걸음을 옮기다가 이름도 모르는 소읍에 들어서 버리고 만 것이다.

당연히 갑작스러운 적천경의 등장에 사람들은 크게 놀랐다.

느닷없이 대로변으로 걸어와 길 한복판에 대자로 누워버렸다. 뉘인들 놀라지 않을 수 있겠는가. 구경거리도 보통 구경거리가 아닐 터였다.

잠시뿐이었다.

어느새 태양은 중천에 올랐고, 사람들은 곧 제 갈 길을 찾아 떠나갔다.

"쯔쯧, 미친놈 하나가 동네에 들어왔구만!"

"노숙을 하려거든 사람들 다니지 않는 곳이라도 찾아서 갈 것이지 원!"

"안됐군. 아직 젊어 보이는데……."

"공부 안하면 너도 저렇게 된다!"

적천경을 피해 걸어가는 사람들은 저마다의 목소리로 떠들어 댔다. 길바닥에 드러누워 눈까지 감아버린 적천경이 꽤나 만만하게 여겨진 까닭이었다.

그렇게 시간이 지나갔다.

사람들의 관심으로부터 점차 멀어지기 시작한 적천경은

한참 만에 감았던 눈을 떴다.

여전히 하늘이 그를 반겨준다.

그사이 중천에 떴던 태양은 서편 하늘 끝에 걸려 있었다.

곧 붉은 노을이 지고, 어둠이 찾아오리라.

'아름답군.'

적천경은 순수하게 감탄했다.

하루 중 반드시 한 번은 찾아오는 순간이었다.

늘상 여상스레 지나쳐갔다.

그런데 지금 태양과 하늘이 만들어 내고 있는 장관은 마
치 처음 보는 것 같았다. 적어도 이렇게 느긋하게 지켜보는
건 그런 듯싶다.

그때 앞만 보고 걸어왔던 지난 나날…….

잠시 주마등처럼 떠오르려다 사그라진다. 불쑥 일어났던
상념조차 귀찮아졌기 때문이다.

그사이 서편 하늘을 불태우던 해가 지고, 주변이 어두워
졌다.

온통 새카맣게 변했다.

주변을 모조리 검은 장막 안에 가둬 버렸다.

잠시뿐이었다.

곧 어둠 속을 뚫고서 별이 한가득 떠올랐다. 마치 그렇게
될 줄 알았던 것처럼 적천경의 눈동자 속을 가득 메웠다.

손만 뻗으면 당장 한 움큼 쥐어낼 수 있을 듯하다.

'그런데 손이 움직이지 않는군.'

아쉬웠다.

진심으로 그랬다.

어쩌다 보니 손가락 하나 움직일 수 없게 되었다. 온몸의 근육이 굳어버리고, 기경팔맥이 꼬이고, 전신혈도가 점혈당한 것이나 다름없게 되어 버린 것이다.

하지만 애초에 무기력함에 장악당한지 오래인 적천경이었다.

깜빡.

언제 눈동자를 채운 별무더기에 집착했냐는 듯 적천경은 다시 눈을 감았다. 마치 그게 지금 할 수 있는 유일한 일이기라도 한 것처럼 말이다.

사흘이 흘렀다.

그때까지도 적천경은 처음 누운 대로변을 떠나지 않고 있었다.

사실은 미동조차 안했다.

첫날 밤을 보낸 후 완전히 몸이 굳어버렸기 때문이다.

아니, 어쩌면 그냥 움직이지 않기로 한 것인지도 모른다. 더 이상 곁으로 다가오는 자조차 없어졌다. 사람들로부터 흥미조차 끌 수 없는 존재가 되어 버린 까닭이었다.

아니다.

오히려 근래 적천경에게 관심을 품게 된 사람이 있었다.

여인.

대충 열여덟가량 되었을까?

어깨를 살짝 덮는 짧은 단발에 개구진 소년 같은 복장을 한 귀여운 용모의 여인은 이틀 전부터 적천경 주변을 빙빙 돌았다. 바로 코앞까지 다가와 적천경을 살피곤, 돌멩이를 툭툭 던져대며 한나절을 꼬박 보내곤 했다.

커다랗게 반짝이는 두 눈.

호기심과 장난기를 동시에 담고 있다. 반드시 뭔가를 확인하고야 말겠다는 의지 역시 엿보인다.

투닥!

결국 다시 돌 몇 개를 던져서 적천경의 이마에 피까지 낸 여인이 놀란 표정으로 후다닥 다가들었다. 팔에는 여태까지와 달리 작은 광주리 하나가 매달려 있다.

"정말 죽어 버린 거예요?"

"……."

적천경은 대답하지 않았다.

이마에서 피가 나는 걸 알았으나 그냥 내버려 뒀다. 어차피 살짝 까진 정도니 놔두면 알아서 지혈이 될 터였다.

여인의 의견은 달랐던 것 같다.

찌익!

잠시 머뭇거리던 여인이 소맷자락을 찢더니, 적천경의 이마를 꾹 눌러줬다. 달콤한 과일향이 코끝을 스친다. 굳이 눈을 뜨지 않아도 어떤 일이 벌어지고 있는지 알 것 같다.

하지만 적천경은 다른 향기에 반응을 보였다.

꼬르륵!

소매의 광주리에서 흘러나온 고소한 전병의 냄새에 배가 요동을 쳐대기 시작한 것이다.

하긴 물 한 모금 마시지 않은 지 사흘이 넘었다.

굶은 지는 조금 더 된 것 같다.

완전히 지쳐버린 상태임에도 생리 현상은 어쩔 수 없었던 같다. 저절로 반응을 보인다.

"어?"

지혈에 집중하고 있던 여인이 놀란 표정이 되었다. 커다란 두 눈이 한차례 깜빡이더니, 적천경을 빤히 내려다본다. 돌에 맞아 이마가 터지고도 움직이지 않던 사람의 뱃속에서 울려 퍼진 밥 달라는 소리가 신기하기도 했으리라.

그래도 여전히 적천경은 눈을 감고 있었다.

낯빛도 변함이 없다.

여인은 입술을 앙다물었다. 그녀는 자신이 뭘 해야 할지를 알고 있었다.

"전병 먹어요!"

"……."

"아이 참! 비싸게 굴 거 없잖아요! 이건 내가 방금 전에 만든 거라 진짜 맛있다고요!"

"……."

"에잇! 모르겠다!"

살짝 짜증을 낸 여인이 적천경의 입을 강제로 열고, 전병을 억지로 우겨 넣었다. 조그마한 몸집을 한 주제에 손힘이 장난 아니다. 족히 사내의 완력을 능가한다.

깜빡!

놀란 건 적천경이었다.

여인에 의해 입 안으로 전병 하나가 밀려들어온 순간 그는 저도 모르게 눈을 떴고, 입을 움직이기 시작했다.

세상이 환해졌다.

목이 메어왔다.

피곤하다 못해 미동조차 할 수 없던 전신에 활력 역시 돌아왔다.

'이게 어떻게 된 거지?'

적천경은 잠시 얼떨떨한 기색을 지어 보이다 여전히 입 안 가득 밀려들어 온 전병을 씹어 먹었다. 일단 지금 할 수 있는 일에 집중하기로 한 것이다.

근데 이런 행위가 무척 낯설었다.

너무 오랜만이라서인 걸까?

꼼꼼하게 전병을 다 씹어 먹고서야 깨닫는 게 있었다. 그냥 머릿속에서 확 떠올랐다.

'맛있다…….'

뭔가 이해한 느낌이 들었다.

'……그래 난 배가 고픈 거였어!'

그러자 다시 꼬르륵거리기 시작한 배.

"더 줘요?"

"……."

적천경이 여인을 똑바로 쳐다보며 묵묵히 고개를 끄덕여 보였다.

맛있는 전병이다.

하나로는 허기를 다 매우긴 어려웠다.

게다가 신기하게도 몸을 움직일 수 있게 되었다. 다시 하나를 더 먹는다면 느닷없이 찾아온 이 무력감을 해소할 수 있을지 누가 알겠는가.

그러나 여인은 여간내기가 아니었다.

픽!

더 이상 적천경의 이마에서 피가 흘러내리지 않는 걸 확인한 여인이 입가에 묘한 미소를 지어 보였다. 여전히 바구니 안에는 전병 몇 개가 남아 있었으나 적천경에게 내어줄 생각 따윈 전혀 없어 보인다.

"이마는 이제 괜찮은 거 같네요. 전병이 더 먹고 싶다면 날 따라와요."

"……뭐?"

"배고프면 날 따라오라구요. 밥 줄 테니까!"

짤랑거리는 말과 함께 여인이 쪼그려 앉았던 자세를 풀고 자리에서 일어섰다.

여전히 눈부신 태양 빛.

문득 여인의 작은 얼굴 전체를 황금빛으로 물들이고 있다. 마치 후광처럼 말이다.

그리고 아주 빠르게 시간이 흘러가기 시작했다.

칠 년.

그 정도나 되는 시간이.

2장

호검관주(護劍館主)

 강서성(江西省) 악안(樂安).

 성도 남창(南昌)과 꽤나 떨어져 있는 평범한 중소 도시인
이곳에 호검관이란 작은 무관이 들어선 건 칠 년 전. 신마
혈맹에 의해 주도된 정사대전(正邪大戰)이 종식되고 얼마
지나지 않아서였다.

 디링!

 새벽을 알리는 풍경의 맑은 울림.

 그와 더불어 사부의 초상에 아침 인사를 하고 사당을 나
서던 호검관주 적천경의 눈에 가벼운 이채가 떠올랐다.

그의 처소로부터 꽤나 멀리 떨어진 동리 초입.

오래된 감나무 위를 지키고 있던 까치 한 마리가 나지막한 울음을 토해 내고 있었다.

'새벽부터 까치가 우니, 오늘은 반가운 손님이라도 찾아오려는 것인가?'

까치와 손님.

멀리 동방에서 전래된 얘기로 천하를 종횡하는 걸 낙으로 삼던 사부에게 한차례 들은 기억이 난다.

그래서인가 입가에 매달린 미소가 쓸쓸하다.

사부와 헤어진 지 벌써 팔 년이 지나고 있었다. 어려서 함께 자란 죽마고우(竹馬故友)의 죽음을 전해 듣고, 젊은 혈기에 무림에 나온 후 다시는 만날 수가 없었다. 그사이 우화등선(羽化登仙)을 하신 것이나 아니실런지…….

떠나가는 자신의 등을 말없이 바라보던 사부의 주름진 얼굴을 떠올리니, 마음이 크게 아프다. 크나큰 은혜를 입었음에도 갚을 방도를 찾지 못했기 때문이다.

그래서 사당을 만들었다.

생사를 확인치 못하게 된 사부에게 매일 같이 인사를 올리는 것으로나마 젊은 날의 혈기를 속죄하고 싶어서였다.

그렇게 사당 앞을 한동안 서성거리던 적천경은 천천히 걸음을 안채로 돌렸다.

근래 들어 제자가 조금 늘어서 뒤치다꺼리로 여제자들은 새벽부터 눈코 뜰 새 없이 바쁘다.

밥하고 빨래하고 어린 제자들의 경우 얼굴까지 씻겨준다.

그러다 보니 얼마 전까지 그녀들이 담당하고 있던 처제 소하연의 약 준비는 이제 적천경의 몫이 된 지 오래다.

'며칠 전 동네 약방에 고려의 백 년 된 산삼 한 뿌리가 들어왔다고 들었는데, 구할 수 있을지 모르겠군.'

적천경은 탕약방을 향해 걸으며 잠시 딴생각에 정신이 팔렸다.

*　　　*　　　*

동방에서 전래된 얘기는 틀리지 않았다.

오전에서 오후로 살짝 넘어가고 있을 무렵, 대문 바로 앞의 연무장에서 십여 명의 소년이 목검을 든 채 연무에 한창일 때였다.

사제들에게 검의 기본을 하나하나 세심하게 가르치고 있던 호검관의 대제자 진호군의 검미가 슬쩍 치켜 올라갔다. 낮에는 항상 활짝 열려져 있는 호검관의 대문 저편으로부터 자욱한 황진이 휘몰아쳐 왔기 때문이다.

"어떤 빌어먹은 인간이 감히 호검관 앞까지 말을 타고 오는 거야! 내가 그냥……."

진호군은 끝까지 말을 잇지 못했다.

황진 속을 뚫고 나타난 한 필의 붉은색 대완구의 위.

늘씬한 몸매를 한 겹 홍의 무복으로 가린 시원스러운 인상을 한 미녀의 정체를 대번에 알아본 까닭이다.

히히히히힝!

대완구는 은자 백 개의 가치가 있다는 명성답게 빨랐다. 진호군이 황진을 본 게 조금 전인데, 어느새 대문 바로 앞까지 이르렀다.

두 발을 들어 올리며 잘빠진 몸매를 뽐내는 대완구.

그 위에 느긋하게 앉아 있던 홍의미녀는 경쾌한 동작으로 안장을 박차고 뛰어내렸다.

휘릭.

공중에서 한차례 신형을 뒤튼 탓에 홍의미녀의 치맛자락이 슬쩍 펄럭거렸다.

"우와아!"

"이야아!"

"와아아!"

진호군의 호랑이 같은 호령이 멈추자 검초 연마를 멈춘 소년들의 입에서 거의 괴성에 가까운 탄성이 터져 나왔다.

홍의미녀의 멋진 신법과 슬쩍 드러난 치맛자락 사이로 내비친 늘씬한 각선미에 대한 순수한(?) 경탄이었다.

홍의미녀는 소년들의 순진무구함을 믿지 않았다.

스슥.

바닥에 착지함과 동시였다.

방금 전 허벅지까지 드러났던 다리를 앞으로 슬쩍 뻗은 홍의미녀는 단숨에 대문을 통과했다.

그리고 연이어 터져 나온 구타 소리!

퍼퍽!

퍼퍼퍼퍽!

방금 전 탄성을 터뜨렸던 소년들의 입에서 이번에는 죽는다는 비명 소리가 곡소리처럼 터져 나왔다.

홍의미녀의 늘씬한 다리.

몇 차례의 화려한 각영을 만들어 낸 다리가 소년들의 온몸을 마구 두들겨 댔다.

"아악!"

"악악악!"

"대사형! 대사형!"

자신을 애절하게 바라보고 있는 풋내기 사제들을 가련하게 바라보던 진호군은 슬며시 고개를 옆으로 돌렸다.

외면이다.

호검관에 입문해 대제자가 된 지 오 년. 그전까지 강호의 밑바닥을 전전하며 잔뼈가 굵은 진호군이었다.

눈치 보기는 그에겐 기본이었고, 비굴함은 선택이다.

눈앞의 홍의미녀.

어떨 땐 하늘같이 여기는 사부 적천경조차 어찌하지 못한다는 걸 잘 알고 있다. 감히 아직 정도 쌓이지 않은 어린 사제들을 구하기 위해 그녀에게 대드는 무모한 짓을 할 순 없다. 외면만이 살길이었다.

그때 적당히 소년들을 밟아준 홍의미녀가 여전히 현실과 타협한 외면을 선택하고 있는 진호군에게 다가왔다.

"너!"

"예, 호군 여기 대령입니다!"

진호군은 홍의미녀 앞에 냉큼 다가가서 살가운 미소와 함께 고개를 팍 숙였다.

절대 충성을 다 받치겠다는 의지의 표명이다.

피식.

홍의미녀의 입가에 슬쩍 미소가 어렸다.

"역시 사부와 달리 세상 물정을 잘 아는 기특한 녀석답구나. 네 사부는 지금 어디 있지?"

"잠시 외유를 나가셨습니다."

"외유?"

"근처 약방에 가셨습니다. 고려에서 질 좋은 산삼이 들어온 게 있다고 해서요."

"으음, 여전히 하연 동생의 병세는 호전되지 않은 것이냐?"

진호군의 얼굴에 슬쩍 우울한 기색이 스쳐 갔다.

"늘상 그렇습니다."

"그렇구나."

홍의미녀는 천천히 고개를 끄덕인 후 시선을 연무장에서 얼마 떨어지지 않은 내당으로 던졌다.

"교령! 영령! 이 잡것들! 당장 튀어나오지 못해!"

내당의 커다랗고 고색창연한 지붕을 버티고 있는 네 개의 기둥. 그중 연무장이 그대로 드러나 보이는 커다란 기둥에 숨어 있던 두 명의 여인이 화들짝 놀라 튀쳐나왔다.

"부, 부련주님⋯⋯."

"헤헤, 갑자기 전언도 없이 어떻게⋯⋯."

교령과 영령.

통칭하여 쌍령이라 불리는 두 명의 여인은 삼 년 전부터 호검관에 식객으로 눌러 앉아 있었다. 어느 날 갑자기 이곳에 나타나 주변을 얼쩡거리기 시작했는데, 적천경은 별로 개의치 않았다. 그녀들이 매년 적절한 기부로 호검관의 재정을 상당 부분 책임지고 있었기 때문이다.

그렇다면 그녀들을 대번에 설설 기게 만든 홍의미녀의 정체는 무엇일까?

그녀는 현 천하 삼대 거상 중 하나인 황금귀상련(黃金鬼商聯)의 부련주인 황조경으로 쌍령의 직속상관이었다. 즉, 진정한 물주이다.

게다가 호검관주 적천경의 처제이자 안주인 노릇을 하는 소하연과는 의자매나 다름없는 사이라 적천경조차 함부로 대하지 못했다. 근래 갑자기 황금귀상련의 일이 바빠져서 호검관에는 꽤나 오랜만에 방문하게 되었다. 족히 일 년은 넘은 듯싶다.

까닥!

황조경은 온몸을 배배 꼬고 있는 쌍령에게 손가락 신호를 보냈다.

자신을 향해 당장 튀어 오라는 의미.

쌍령이 천하에서 가장 두려워하는 사람이 황조경인만큼, 어찌 이를 거역할 수 있으랴.

교령이 먼저 달리고, 영령 역시 뒤질세라 죽기로 쫓아왔다.

두 사람이 황조경 앞에 도착한 시간은 촌각에 불과했다.

잠깐 사이에 절세의 경공이라도 연마한 것 같다.

황조경은 주먹을 슬쩍 들어 올렸다.

쌍령으로선 저항할 수 없는 순간이다.

그녀들은 작은 어깨를 오돌오돌 떨면서도 고개를 바닥으로 확 숙였다.

그저 황조경의 처분만 기다리겠다는 모습이다.

황조경은 이런 것에 마음이 약해질 여인이 결코 아니다.

따콩! 따콩!

쌍령의 동그란 머리를 한차례씩 쥐어박은 황조경은 잔뜩 울상이 된 두 사람에게 눈초리를 추켜올렸다.

"엄살 부리지!"

쌍령이 다급히 소리쳤다.

"아, 아닙니다!"

"절대로 아닙니다!"

교령이 더듬거리며 대답한 데 반해 영령은 목소리를 있는 대로 높였다. 교령보다 대답이 늦은 것에 부담을 심각하게 느낀 까닭이다.

황조경은 이를 알면서도 굳이 탓하진 않았다.

그녀의 목소리가 슬쩍 낮아졌다.

"하연 동생의 병세가 근래에도 크게 호전되지 않았다고 들었는데, 너희가 보기엔 어떠냐?"

"그, 그게……."

버릇처럼 머뭇거리는 교령을 대신해 영령이 얼른 목소리

를 높였다.

"부련주님, 하연 언니는 요새 아예 드러누우셨답니다."

"드러누워?"

"예, 그래서 호검관의 안살림은 저와 여제자들이 함께 나눠서 하고 있어요. 빨래도 하고 밥도 짓고…… 암튼 온갖 궂은일은 몽땅 제가 도맡은 지 오래라구요."

"지금 네가 공치사를 하는 게냐!"

황조경이 살짝 언성을 높이자 영령이 화들짝 놀란 표정이 되었다. 그녀의 눈 속에 담긴 살기를 본 까닭이다.

— 적봉황(赤鳳凰) 황조경.

당금 상계의 떠오르는 기린아(麒麟兒)라 불리는 그녀는 빼어난 상술뿐 아니라 무공과 독심(毒心)으로도 유명했다. 한번 화가 나면 결코 용서가 없는 무서운 성품이었다.

그러자 교령이 겁에 질려 부들부들 떨고 있는 영령을 대신해 조심스레 말했다.

"부련주님, 주변을 많이 돌아다닌 제 몫까지 영령은 그동안 호검관에서 참 고생을 많이 했어요. 결코 공치사를 하는 건 아니라고 생각됩니다."

"정말 그래 보이더냐?"

"……예."

황조경이 그제야 추켜올려졌던 눈초리를 원상복귀시켰다. 살기 역시 많이 감소하였다.

"교령, 네 말을 믿겠다. 영령이 그 같은 말을 했다면 절대 믿지 않았을 테지만."

영령이 언제 겁에 질렸냐는 듯 발을 굴렀다.

"아앙, 부련주님, 너무해요!"

그러나 황조경은 영령에게 눈길조차 주지 않았다.

교령 역시 마찬가지다.

그녀가 황조경에게 살짝 고개를 숙여 보였다.

"고맙습니다. 적 관주님이 오실 때까지 내당으로 드셔서 차라도 한잔하시지요."

"그전에 할 일이 있다."

"하연 언니한테 가시려고요?"

"하연을 거치지 않고 어찌 내가 적 관주를 볼 수 있겠느냐?"

"소매가 모시겠습니다."

교령이 다시 고개를 숙여 보이고 냉큼 앞장섰다.

그때까지도 쉼 없이 발을 구르고 있던 영령은 팔짝거리며 뒤따르려다 황조경의 냉랭한 시선을 느끼곤 움찔거리며 멈춰 섰다. 왠지 황조경의 기분이 썩 좋아 보이지 않는 터라 더 이상 어리광을 부릴 수 없게 된 것이다.

자신을 놔둔 채 멀어져 가는 두 여인을 바라보다 다시 발을 한차례 굴러 보인 영령은 연무장으로 휙 돌아섰다.

"이놈들아! 사내새끼들이 여인들의 수다에 무슨 관심이 그리 많은 거야!"

"……."

"……."

진호군과 그의 어린 사제들은 재빨리 영령의 시선을 피해 좌우로 시선을 돌렸다.

그들은 평소 자신들에게 절대의 권력을 휘두르던 쌍령이 황조경이란 천적을 만나 혼나는 모습을 은근히 즐기고 있었다. 이제 영령이 아주 기분 나쁜 표정으로 시비를 걸어오자 딴청을 부리는 게 최선이란 생각을 하지 않을 수 없다.

'영령 소저는 얌전한 교령 소저와 달리 성격을 종잡기 힘들다. 시비를 걸 때는 무조건 외면하는 편이 낫다.'

'영령 소저가 화를 내면 무서워!'

'또 뒷간으로 끌고 가서 발로 막 밟아댈지도 몰라!'

진호군이 슬금슬금 연무장 외곽으로 이동하자 어린 사제들 역시 얼른 그 뒤를 따랐다. 그들에겐 지금 영령의 화풀

이 대상이 되고 싶지 않다는 일념뿐이었다.

그러나 영령은 지금 화가 많이 난 상황이었다.

이와 같이 평화적으로 일이 해결되는 건 그녀가 바라는 바가 아니었다. 전혀!

"호군, 거기 멈춰 서봐!"

'망할!'

진호군은 속으로 욕설을 터뜨리곤 어색한 표정을 영령에게 던졌다.

한 살 차이.

영령은 열아홉이고, 진호군은 열여덟이다.

황금귀상련에서 항상 막내로서 어리광 부리는 걸 당연시여기던 영령이지만 진호군에겐 당당한 누나였다. 귀염상인 그녀에겐 절대 어울리지 않는 권위적인 표정이 얼굴 가득 드러나 있는 건 바로 이 때문이다.

"내가 부른 게 불만이냐? 얼굴이 제법 일그러져 있는걸?"

"제가 어찌 감히……."

"한 살 차이라도 누나는 누나야! 진호군, 네가 비록 호검관의 대사형라곤 해도 사사로이는 내 밑이야. 이 점을 넌 절대 잊어선 안 돼!"

"예예, 알고 있습니다."

"대답은 한 번만 해!"

"예에……."

"말도 끌지 말고!"

'또 하루해가 다 가도록 말꼬리를 붙잡히겠구나. 또 붙잡히게 되었어…….'

진호군은 내심 울상을 지으며 한숨을 몰아쉬었다. 이미 멀리 물러선지 오래인 어린 사제들의 키득거림이 귓전으로 들려오는 듯했다.

*　　*　　*

적천경은 나무 상자를 손에 든 채 입가에 담담한 미소를 매달았다.

'마침 딱 하나 남아 있던 걸 얻게 됐으니 운이 좋군. 아침부터 까치가 울더니, 그게 길조였던 것 같아.'

적천경은 수중의 나무 상자에 담긴 고려 산삼을 사기 위해 상당히 비싼 값을 치렀다. 얼마 전 문파에 새로 입문한 한떼의 꼬맹이들의 부모에게서 받은 기부금의 대부분이 한꺼번에 날아갔다.

그러나 그는 전혀 개의치 않았다.

돈이 궁하면 평소처럼 진호군을 통해 식객들에게 말하면

되고, 그래도 부족하면 밥을 굶으면 되었다. 처제 소하연의 병세를 호전시킬 수 있는 방법이 있다면 어떤 일이든 상관없다고 생각하는 그였다.

그래도 적천경은 슬쩍 걱정이 되긴 했다.

며칠 전 문파의 재정을 담당하고 있는 대제자 진호군이 남몰래 양식 떨어질 걸 걱정하는 모습을 우연찮게 발견한 적이 있는 까닭이다.

'그래도 아직 은자가 오십 냥가량 남았으니 가을 추수를 하기 전까진 어찌 버틸 수 있으려나?'

호검관의 식구는 근래 들어 꽤 많이 늘었다.

아내 소연정에게 구원을 받아 악안에 자리 잡은 지 햇수로 칠 년.

초기부터 이때까지 받아들인 제자 중 대부분은 어리고 무공이 부족하여 군입이나 다름없었다. 부잣집 자제 역시 한 명도 없었다. 호검관의 재정에는 전혀 도움이 되지 않는 존재들이라 할 수 있었다.

해서 호검관의 재정은 항상 부실하기 짝이 없었다.

수많은 군입과 적은 수입, 천문학적으로 들어가는 약값이 주원인이었다.

몇 년 전 아내 소연정이 오랜 병고 끝에 숨을 거둔 후 처제 소하연이 마치 기다렸다는 듯 발병했다. 만약 근래 받아

들인 돈 많은 식객과 쌍령 등의 관리가 없었다면 일찌감치 호검관은 파산하고 말았을 터였다.

적천경은 산책하듯 걸음을 옮기며 쓰게 웃었다.

— 호검관주!

일문의 주인이라는 직함의 무게.

지금의 자신에겐 오히려 독이나 다름없다고 생각했다. 사랑하는 아내의 죽음을 막지 못했고, 처제의 약값을 대기 위해 과거처럼 검을 들고 마음대로 날뛰지 못하는 까닭이었다.

그렇게 적천경이 호검관이 위치한 산봉 바로 앞까지 이르렀을 때였다.

범인과 전혀 다름없는 걸음을 옮기고 있던 그의 눈에 가벼운 이채가 떠올랐다. 호검관으로 난 소로를 따라 신형을 날리고 있는 일단의 도사들을 발견한 까닭이다.

'앞장 선 도사의 발걸음은 가볍기가 산속을 흘러내리는 계류와 같고 기태 역시 속되지 않으니, 실로 고수의 풍모다. 그 뒤를 따르는 도사들 역시 신태가 비범하고, 신법 중에 절도가 있으니 하수의 수준을 벗어난 것 같고. 으음, 당금의 어떤 문파에서 저같이 빼어난 인물들을 한꺼번에 배

출할 수 있는지 궁금하구나…….'

적천경은 도사들의 무력을 파악한 후 눈에 이채를 발했다.

사부의 말을 어긴 죄업을 받았달까?

피투성이가 되어 생사를 함께하길 맹세했던 친우의 복수를 끝낸 직후 적천경은 갑자기 주화입마에 빠졌다.

아니다.

오히려 심마(心魔)라 함이 더 옳을지도 모르겠다.

갑자기 천하를 오시하던 무력을 몽땅 잃어버렸고, 사부에게 전수받았던 검기 역시 흐릿해졌다. 순식간에 무기력해져서 어떤 것도 할 수 없게 되어 버린 것이다.

그때 구원처럼 아내 소연정을 만났다.

그녀가 던진 돌멩이에 머리를 얻어맞아 정신을 차리고 정체불명의 무기력증에서도 벗어날 수 있었다. 이미 제 빛을 잃어버린 검기는 다시 회복할 수 없었지만 말이다.

어찌 됐든 적천경의 안목은 여전했다.

처음 사부의 곁을 떠날 때와 전혀 달라지지 않았다. 그가 이 정도의 탄성을 터뜨렸다면, 도사들의 신세 내력은 결코 평범할 리 없다는 뜻이다.

— 무당파(武當派)!

호검관으로 향하는 대로에 모습을 드러낸 도사들의 출신 문파다. 당금 무림를 대표하는 정천맹의 주축 중 하나인 구파일방에서도 화산파(華山派)와 더불어 가장 강력한 성세를 자랑하는 곳의 제자들이 떼 지어 모습을 드러냈다.

그중 적천경이 칭찬을 아끼지 않은 최선두의 중년 도사가 문득 걸음을 멈춰 세웠다.

인물은 인물을 알아본다고 했다.

적천경이 중년 도사를 알아봤다. 중년 도사 역시 적천경을 못 알아볼 리 없다.

중년 도사는 호검관으로 향하는 다른 길에서 모습을 드러낸 적천경에게 심상치 않은 기운을 느꼈다. 오늘의 호검관 방문은 상당히 중요한 일이니만큼 만전을 기하지 않을 수 없다.

슥!

중년 도사가 신법을 멈추자 뒤를 따르던 일곱 도사 역시 걸음을 멈췄다. 특별히 어떤 경고의 말을 던진 것이 아님에도 불구하고 일사불란한 모습이다.

칠성(七星).

적천경의 눈에 다시 이채가 떠올랐다.

그는 중년 도사를 호위하듯 늘어선 도사들이 자연스레

펼친 것이 칠성의 방위임을 눈치챘다. 다시 한 번 도사들의 정체와 의도가 궁금해지지 않을 수 없게 되는 대목이다.

그때 중년 도사가 역시 계류와 같은 신법을 펼쳐 홀로 적천경 앞으로 다가왔다. 무당파가 자랑하는 유운신법(流雲身法)의 한 수가 펼쳐진 것이다.

"무량수불(無量壽佛)! 빈도는 무당파의 제자인 신무(神武)라 합니다. 도우(道友)께서는 혹여 인근의 호검관과 관련이 있는 분이 아니신지요?"

'신무라면…….'

적천경은 비로소 오늘 호검관을 방문한 도사들의 신분을 깨달았다.

— 신검무쌍(神劍無雙) 신무도장!

당금 무당십검 중 일좌인 진무각주이다.

당연히 그의 뒤를 따르고 있는 도사들의 정체는 무당파가 자랑한다는 진무각 출신의 칠성검수(七星劍手)들임에 분명하다.

적천경이 비록 그동안 무림의 일에 신경 쓰지 않고 은인자중한지 오래 되었다곤 하나 이들의 명성을 모를 리 없다. 북숭소림(北崇少林), 남존무당(南尊武當)이란 말은 무림에

선 지나칠 만큼 유명한 말이니까 말이다.

내심 염두를 굴리며 눈살을 가볍게 찌푸려 보인 적천경이 신무도장에게 슬며시 포권하며 말했다.

"본인은 호검관의 적천경이라 합니다. 무당파의 십검 중 한 분이신 신검무쌍 신무도장과 진무각 칠성검수의 명성은 오래전부터 들어왔으나 오늘 이렇게 대하고 보니, 과연 명불허전임을 알겠습니다."

"혹시 호검관주이십니까?"

"그렇습니다."

"허허, 과연 그렇군요! 빈도가 살피기에 기태가 비범함에도 불구하고 별다른 내력을 느낄 수 없어 고심했거늘. 상대가 호검관주시라면, 빈도의 수행이 아직 미치지 못한 것도 무리는 아니라고 자위해도 되겠지요."

"……."

신무도장의 신분이나 무공을 고려하면 대단한 찬사다.

그러나 적천경의 얼굴엔 별다른 변화가 없었다.

무림에 출도한 지난 세월 동안 그보다 더 대단한 인물들에게도 수없이 많은 상찬의 말을 들은바 있었다. 특별히 신무도장의 말에 마음이 혹하거나 하진 않았다.

"도장의 과찬이 너무 지나치십니다. 저는 그냥 호검관 근처에 외유를 나갔다가 돌아오던 중이었을 뿐입니다. 특별히 급한 일이 없으니 집 근처에서 내력을 일으킬 까닭이 없지 않겠습니까?"

"그랬군요. 본래 진정한 고수는 내력의 수발이 자유자재라더니, 적 관주를 두고 하는 말인가 봅니다."

"별말씀을. 그런데 이름 높은 무당파의 도장들께서 어인 일로 누추한 본 무관에 방문하셨는지 궁금하군요?"

적천경이 통상적인 겸양을 마치고 본론을 끄집어냈다.

신무도장으로선 답할 수밖에 없다.

잠시 청수한 얼굴에 미미한 그늘을 만들어 보인 신무도장이 말했다.

"적 관주께서도 전날 신마혈맹이 일으킨 정사대전에 대해 알고 계실 테지요?"

'역시 그 일과 관계가 있었던 것인가!'

내심 한숨을 내쉰 적천경은 다소 침중해진 표정을 한 채 고개를 끄덕여 보였다.

"신마혈맹은 이미 망하지 않았습니까? 그래서 정사대전 역시 끝난 것으로 알고 있습니다만……."

"적 관주의 말씀이 옳습니다. 당년 신마혈맹은 망했고, 정사대전 역시 정파 연합인 정천맹의 승리로 끝이 났습니다. 하지만 여전히 천하에는 신마혈맹의 잔존 세력이 남아 있어서 정천맹의 골치를 아프게 하고 있습니다. 마(魔)의

뿌리는 반드시 발본색원(拔本塞源)해야 하기 때문이지요."

"마의 뿌리라······."

"그렇습니다. 마의 뿌리는 반드시 발본색원해야 합니다. 그 점에 대해서 적 관주께서는 어찌 생각하시는지 고견을 듣고 싶습니다. 아니, 그 전에 황금귀상련의 황금왕 황도우와의 관계에 대해 빈도에게 설명해 주실 수 있겠습니까?"

"······."

황금귀상련의 주인!

황금왕 황대구는 과거 신마혈맹의 재정을 담당하고 있었다. 적천경에 의해 신마혈맹의 총단이 박살 날 때 재빨리 발을 빼긴 했으나 완벽하게 흔적을 제거하는 데는 실패한 듯하다. 칠 년이 지난 오늘날 무림의 지배자가 된 정천맹에 꼬투리를 잡히게 되었으니 말이다.

하물며 당시 무당파는 신마혈맹에게 매우 큰 피해를 입어, 아직까지 전성기 시절의 위세를 회복하지 못한 터였다. 근래엔 정천맹과 구파일방의 주도권을 소림사와 화산파에 빼앗기게 되었다는 게 세간의 평가였다. 신마혈맹에 대한 증오심으로 치자면 정천맹에 속한 어떤 문파보다 우월하다고 할 수 있을 터였다.

하지만 지난 칠 년간 호검관은 황금귀상련의 부련주인

황조경의 도움을 꽤나 많이 받았다. 그녀에게 부채감을 느끼는 만큼 무당파의 압박에 굴복할 수는 없었다. 황금왕 황대구와는 별개로 말이다.

잠시의 침묵 끝에 눈앞의 서 있는 신무도장과 은연중 칠성검진을 완성한 칠성검수의 면면을 살핀 적천경이 담담하게 입을 열었다.

"뭔가 오해가 있으신 것 같은데, 본인과 황금왕과는 별다른 인연이 없습니다."

"적 관주, 그런 식으로 부인하시려 한다면……."

"하지만 그의 영애인 황조경 소저와는 다소 인연이 있습니다. 만약 무당파에서 황 소저가 지은 죄를 묻고자 하신다면 결코 발을 뺄 생각은 없으니, 도장께서는 뜻을 밝히시지요."

"……."

적천경은 여전히 내력을 일으키지 않았다.

검조차 패용치 않았다.

수중에 들린 건 단지 얼마 전 동리 약방에서 거금을 주고 마련한 고려 산삼이 담긴 약봉지뿐이다.

그럼에도 신무도장은 적천경에게서 엄청난 압박감을 느꼈다.

심검(心劍)!

마음으로 검을 만들어 내는 건 모든 검을 연마하는 무인들의 꿈이라 할 수 있다. 신무도장 역시 마찬가지다. 한데 놀랍게도 그는 지금 적천경에게서 바로 그 심검의 그림자를 보고 있었다.

그렇다면 뒤에 늘어선 칠성검수는 어떠한가?

놀랍게도 칠성검수 역시 신형을 부들거리며 진형을 점차 뒤로 물리고 있었다. 적천경이 발출한 기도가 신무도장을 투과한 후 칠성검수에게까지 영향력을 발휘하고 있는 것이다.

'설마 격산타우(隔山打牛)의 내공을 기도만으로 발출한 것인가?'

격산타우.

산을 앞에 둔 채 소를 때린다는 뜻이다.

그러나 신무도장은 곧 자신의 생각이 틀렸다고 생각했다.

격산타우는 말 그대로 타격한 당사자에겐 전혀 영향을 미치지 못한다. 타격의 첫 번째 시발점이라 할 수 있는 자신이 이미 영향력을 느끼고 있는 상황임을 감안하면 말이 안 되는 추론이다.

그렇다.

적천경이 일시 일으킨 검기는 초절정의 신공인 격산타우

조차 뛰어넘었다. 신무도장과 칠성검수 전체가 일제히 합공한다 한들 이길 상대가 아니라는 뜻이다.

슥!

결국 신무도장이 일촉즉발의 기세를 먼저 풀고 옆으로 한 걸음 물러섰다.

은연중 적천경과의 대치를 스스로 포기한 상황!

그것으로 끝일 리 없다.

간격의 조정과 함께 신무도장이 어느새 푸른빛 검광과 함께 태극진검을 빼 든 채 정중하게 기수식을 취해 보였다. 처음에 보였던 형식적인 예의와는 완연히 달라진 표정과 함께다.

"무량수불! 적 관주께서 하신 말씀을 잘 알겠습니다. 하지만 빈도의 수양이 아직 부족하니, 호승심을 너무 탓하지 말아주시기 바랍니다. 빈도 역시 검을 연마한 처지라 잠시 수행하는 자의 본분은 잊도록 하겠습니다."

"도장……."

적천경은 신무도장에게 뭐라 말을 하려다 입을 다물었다.

푸르고 청백한 검기!

일순간 신무도장의 검에서 일어난 푸른 검기가 사방으로 분광을 일으키더니, 한줄기 섬광으로 변했다. 여전히 적수

공권인 채인 적천경을 노린 채 파고들었다.

건곤무극검(乾坤無極劍)!

무당파가 자랑하는 오대 검학 중 하나가 적천경을 노리며 일어난 것이다.

반면 적천경은 굳이 신무도장의 검을 받을 필요가 없었다.

그에겐 호검관주로 지낸 지난 칠 년간, 제자들을 키우기 위해 스스로 독창해낸 분뢰보(分雷步)란 보신경이 있었다.

단 몇 걸음, 그것만으로 족했다.

신무도장의 건곤무극검을 피해 내는 데는.

하지만 적천경은 신무도장의 딱딱하게 굳은 얼굴을 봤다. 그가 이번 일 검에 평생의 심득을 몽땅 집결시킨 것임을 마음 깊숙이 이해했다.

'부드럽지만 무엇에도 꺾이지 않을 굳건함을 지닌 검이다. 받아주는 것이 검의 길을 함께 걷는 자로써의 도리일 터!'

건곤무극검의 푸른 검기가 지척에 이르렀을 때다.

일순 아무렇게나 늘어뜨려져 있던 적천경의 좌수가 최단의 거리로 공간을 갈랐다.

지잉!

식지와 중지.

단 두 개의 손가락이 기묘한 변화와 함께 푸른색 노을과 같이 파고들던 검기 사이로 파고들었다. 검면을 가볍게 퉁겨내곤, 이어 반대편으로 부드럽게 밀어냈다.

"웃!"

신무도장이 어찌 검기가 손가락에 밀리는 괴사를 경험해 본 적이 있으랴!

그러나 그는 무당파가 자랑하는 십검 중 일좌였다.

— **이일대로(以逸待勞), 이정제동(以靜制動).**

편안함으로써 피로해진 적을 상대하고, 고요함으로써 움직임을 제압하리라!

무당 무학의 핵심을 이루는 요결이다.

신무도장은 자신이 펼친 건곤무극검의 검기가 밀려난 순간, 입문시 외웠던 구결을 떠올리며 재빨리 검세를 돌이켰다. 더욱 강하게 적천경을 몰아붙이는 대신 방어로 전환한 것이다.

'역시 신검무쌍!'

적천경은 순식간에 자신으로부터 멀어지기 시작한 신무도장의 검을 보고 내심 감탄했다.

천하를 둘러본다 한들 이 정도의 검객이 몇 명이나 있을까?

내심 흥취가 인 적천경이 처음으로 걸음을 내디뎠다.

정(靜)에서 동(動)으로의 변환.

이는 신무도장이 되새긴 무당 요결에 대한 정면 부정이다. 무당파에 대한 도전이었다.

적천경의 신형이 빠르게 신무도장의 면전에까지 치달아왔다.

스읏!

더불어 또다시 앞으로 내밀어진 두 개의 손가락.

신무도장의 극한까지 응축되어 있던 검기의 막이 출렁하고 울렸다.

굳셈으로 부드러움을 깬다.

그보다는 극도에 이른 빠름으로써 부드러움의 극치를 찔러 들어갔다고 할 수 있겠다.

"허억"

건곤무극검의 검세를 극단적으로 축소시켜 검막(劍幕)을 형성시키려 하던 신무도장의 입에서 격한 신음이 터져 나왔다. 완전히 허를 찔려 버렸다는 판단.

그뿐 아니다.

그는 언제 적천경에게 검기를 날렸냐는 듯 연달아 신형

을 뒤로 물렸다.

일 보에 일 장 이상씩!

신무도장이 걸음을 멈췄을 때 그와 적천경 간의 거리는 어느새 오 장을 훌쩍 뛰어넘고 있었다.

그럼 칠성검수는?

하늘처럼 여기고 있던 신무도장이 적천경의 일격조차 받지 못하고 뒤로 물러서자 칠성검수가 일제히 검을 뽑아 들었다.

차차차차창!

검광은 무지개처럼 빛나고 살기는 만장(萬丈)이다.

북두칠성(北斗七星)!

밤하늘을 지키는 일곱 별과 같은 방위를 형성하며 칠성검수가 적천경에게 일제히 검기를 종횡시켰다.

위위구조(圍魏救趙).

위나라를 포위하여 조나라를 구한다는 뜻.

즉, 칠성검수는 적천경을 동시에 공격함으로써 수세에 몰린 신무도장을 구하려 했다. 적천경이 완전한 수세에 몰린 신무도장을 재차 공격해 목숨을 노릴 거라 여긴 까닭이었다.

그러나 적천경은 애초에 신무도장을 제압할 생각이 없었다.

그가 자신의 일격을 받아내지 못하고 뒤로 물러선 것과 동시에 적천경은 공격을 멈췄다. 그만하면 신무도장 역시 만족했으리란 판단이었다.

당연히 칠성검수의 위위구조는 목표를 잃어버렸다.

부유하는 검기의 편린들.

적천경은 혹여라도 칠성검수의 검기가 얽혀서 사람이 다치는 걸 걱정해 재빨리 손가락을 튕겨 내었다.

티팅!

티티티팅!

한차례 손가락을 튕길 때마다 하나씩.

적천경이 일곱 번 손가락을 튕겼을 때 칠성검수 중 빈손이 되지 않은 자는 아무도 없었다.

창천(蒼天).

맑고 푸른 하늘 위로 일곱 자루의 검이 찬연한 검광을 흩뿌리며 날아올랐다. 예외는 없었다.

"아!"

"아아!"

완전히 넋이 나가 버린 칠성검수.

그때 적천경이 다시 한 걸음을 내디뎌 그들 앞에 이른 후 나직하나 힘 있는 목소리로 권고했다.

"도장들, 빨리 진을 풀고 물러서는 게 좋을 것이오! 하늘로 날아올랐던 물건은 반드시 떨어지게 마련이니까!"

과연 그랬다.

적천경의 말이 끝나기가 무섭게 일곱 자루의 검이 날카로운 검명을 일으키며 밑으로 떨어져 내리기 시작했다.

쉬악!

쉬쉬쉬쉬쉭!

칠성검수들이 방금 전 신무도장이 그랬듯 황황히 적천경으로부터 떨어져 나갔다.

더불어 바로 그때, 거짓말 같은 일이 벌어졌다. 적천경의 머리 위로 떨어져 내리던 일곱 개의 검이 추락을 멈춘 것이다.

게다가 일곱 개의 검은 흡사 생명이라도 얻은 듯 스스로 움직이더니, 곧 주인인 칠성검수에게 돌아갔다.

차차차차착!

칠성검수들은 일제히 신형을 움찔거렸다.

빛살처럼 자신들을 향해 파고든 검이 본래 위치인 검갑 속으로 모습을 감춰 버린 여파였다.

"허어!"

신무도장이 결국 참지 못하고 탄성을 터뜨렸다. 평생 본 적이 없는 엄청난 광경에 일시 방관자가 되고, 구경꾼이 되어 버린 것이다.

　　　　*　　　*　　　*

　호검관이 내려다보이는 언덕 위.

　독특한 기도를 지닌 백염 백의의 노인과 매우 특징적인 대머리에 몹시 화려한 황포 차림을 한 중늙은이가 두런두런 대화를 나누고 있었다.

　"어떻소이까?"

　"뭐, 제법 괜찮구만."

　"제법 괜찮구만? 저런 놀라운 광경을 보고 하는 말이 고작 그 정도뿐인 게요?"

　"정사대전 이후 무당파의 위세는 예전만 못하게 되었다는 걸 자네도 잘 알고 있지 않은가?"

　"확실히! 하지만 그래도 무당파의 십검 중 일좌인 진무각주와 칠성검수를 저리 어린애처럼 가지고 놀 수 있는 자가 천하에 몇이나 있겠소이까?"

　"적어도 열 명은 넘지."

　"그것만으론 부족하다?"

　"부족하지. 아주 많이. 하지만 확실히 저 호검관주란 자는 한번 기대를 걸어볼 만하겠어."

　"그 말인즉슨?"

"……."

대머리 황포인, 황금왕 황대구의 질문에 대답 대신 어깨를 한차례 으쓱해 보인 백염 노인이 천천히 신형을 돌려세웠다. 언제나와 마찬가지로 절대 책임질 일은 만들지 않겠다는 뜻을 분명히 드러낸 것이다.

황대구에게 이런 일이 한두 번 일 리 없다.

특유의 후덕한 입가에 살짝 비틀린 미소를 만들어 보인 그가 곧 두 손을 비비며 말했다.

"그럼 이번 일은 내 뜻대로 해 보겠소이다. 그러니 황금 귀상련에 대한 제재는 일단 좀 풀어주시오. 맹주, 그건 꼭 해줘야만 하는 거요."

"그러지."

짤막한 대답. 그와 함께 맹주라 불린 백염 노인의 신형이 황대구의 앞에서 자취를 감췄다. 마치 처음부터 존재하지 않았던 것처럼 말이다.

3장

금마옥(禁魔獄)을 탈출한 대마두!

사르락!

침의 차림의 병약하고 창백한 여인의 얼굴을 접한 황조경의 얼굴빛이 살짝 흐려졌다.

언제 보아도 아름다운 얼굴.

호검관주인 적천경이 아내 소연정을 잃은 후 천하 전체와도 바꾸지 않을 사람이 된 처제 소하연이다.

그녀의 나이 스물넷.

아직 시집조차 가지 않았으니, 한참 아름다움을 자랑할 때였다. 죽은 언니 소연정과 마찬가지로 몇 년 전부터 앓기 시작한 기묘한 질환만 아니었으면 분명 그러할 터였다.

전신의 근육이 약화되어 점차 무력해져가는 증상.

황제의 어의조차 고개를 절레절레 흔드는 질환은 스물넷의 소하연을 시들어가는 꽃으로 만들었다. 방 밖으로 거동하는 것조차 힘든 병약한 여인이 되게 한 것이다.

그러나 적천경이 전력을 다해 지난 수년간 병간호를 한 덕분인지 소하연은 여전히 아름다웠다. 아니, 병의 어두운 그림자가 불멸의 아름다움을 그녀에게 선사한 듯한 미모는 건강할 때보다 더욱 마력적인 힘을 발휘하고 있었다.

"하연 동생, 여전히 아름답구나. 정말 같은 여자로서 질투가 날 지경이야."

"후후, 조경 언니에게 그 같은 칭찬을 들으니, 빈소리인 줄 알면서도 마음이 즐겁군요."

"빈소리?"

황조경은 그녀답지 않은 과장된 동작을 해 보이곤 얼굴을 쑥 소하연에게 들이밀었다. 그렇지 않아도 도발적일 만큼 요염한 눈초리가 살짝 추어 올라가있다.

"하연 동생, 나는 말야. 여태까지 살아오면서 누군가에게 미모가 떨어진다는 생각을 해 본 적이 거의 없었어. 솔직히 말해서 하연 동생을 보기 전까진 그랬어."

"조경 언니……."

"그러니까 내가 빈소리를 한다는 둥의 말은 하지 마. 꽤나 마음 상하니까 말야."

"후후, 이거 저 놀리시는 거죠?"

"알아챘나?"

황조경은 소하연 쪽으로 바싹 들이댔던 얼굴을 뒤로 물리며 뒤통수를 사내처럼 박박 긁어댔다.

그러자 소하연이 부드럽게 미소 지었다.

"그런데 어쩐 일이세요? 요새 상계의 정세가 심상치 않아서 한동안 호검관에는 오실 수 없을 거라고 들었는데……."

"쌍령에게 들은 거야?"

"예."

황조경이 어깨를 한차례 으쓱해 보이곤 한쪽 눈을 찡긋해 보였다.

"확실히 내가 그동안 바쁘긴 했어. 하지만 하연 동생의 예쁜 얼굴을 너무 오랫동안 보지 못하니까 막 금단 증상이 일어나더라구. 그래서 이렇게 달려온 게야."

"빈소리는 여기까지!"

소하연이 슬쩍 손을 들어 보이며 짐짓 안색을 굳히자 황조경 역시 입가에 머물러 있던 미소를 거둬들였다.

"실은 적 관주를 보러 온 거야."

"꼬시려고요?"

"꼬신다고 넘어올 사람인가 적 관주가? 연정과 하연 동생 때문에 눈이 한참 높아져서 그 사람, 꼬시기가 보통 어려운 게 아니라구."

"그래도 상대가 조경 언니라면 형부도 조금쯤 마음이 동할걸요?"

"그거 내가 고맙다고 해야 하는 건가?"

"화내실 필요까진 없다고 봐요."

"뭐, 이번만 넘어가도록 하지. 이번 일은 제법 건수가 크니까 말이야."

소하연의 눈에 이채가 스쳐 갔다.

천하의 상계를 좌지우지하는 황금왕 황대구의 무남독녀.

거진 십 년간 황조경은 부친을 능가할 정도로 훌륭한 상재를 보이며 황금귀상련의 부련주에까지 올랐다. 핏줄의 도움을 전혀 받지 않았다곤 할 수 없으되, 지닌바 능력과 담량만큼은 가히 웬만한 영웅호걸 못지않을 터였다.

그런 그녀가 호검관을 드나들다 일면식도 없던 소연정, 소하연등과 의자매를 맺은 게 이미 수년째였다. 여태까지 전혀 내색을 한 적은 없으나 그녀의 적천경에 대한 마음이 어떠한가는 쉽사리 짐작할 수 있었다.

'게다가 조경 언니는 형부와 성격이 무척이나 잘 맞아. 만약 언니보다 먼저 형부와 만났다면 분명 한 쌍의 잘 어울

리는 원앙이 되었을 거야. 분명히.'

그래서였을 것이다.

황조경이 소연정이 죽은 후 호검관과 담을 쌓고 지낸 것은.

가끔씩이나마 호검관에 들를 때도 그녀는 적천경이 아니라 소하연만을 만나고 떠나갔다. 사랑하는 아내를 잃고 비탄에 빠진 적천경과 마주치는 것에 부담감을 느끼고 있었음에 분명하다.

한데, 그런 황조경이 제법 건수가 큰일이라 한다. 무척 중요한 일임에 분명하다. 도대체 그동안 그녀가 속한 세상에는 무슨 일이 벌어진 것일까?

소하연이 내심 고심하고 있을 때였다.

갑자기 방문 밖에서 교령의 조심스러운 목소리가 들려왔다.

"부련주님! 하연 언니! 적 관주님이 돌아오셨습니다."

"늦었군."

황조경은 소하연의 창백한 볼에 손을 한차례 가져다 대곤 자리에서 일어섰다. 적천경이 귀가했으니, 이제 호검관을 찾은 목적을 달성하러 갈 때였다.

침상 위에 절반쯤 누운 채 황조경을 배웅하던 소하연이 조그만 목소리로 말했다.

"조경 언니, 내가 나중에 부탁 하나 해도 될까요?"

"나중에?"

"예."

"지금 말해 봐!"

"지금은 말고요."

"그래? 하연 동생의 부탁이라면 언제든지!"

"고마워요."

"별말씀을. 건강이나 잘 관리해!"

황조경이 그녀를 아는 자라면 경악할 만큼 드물게 따뜻한 미소를 소하연에게 던졌다.

*   *   *

호검관의 중심이라 할 수 있는 호검전에 도착한 황조경의 눈에 이채가 떠올랐다.

호검전 앞에 줄지어 서 있는 한 떼의 신태비범한 도사들.

상계뿐 아니라 무림에 관한 상황도 대부분 머릿속에 꿰고 있다고 자신하던 황조경은 대번에 도사들의 정체를 파악했다.

무당파 출신.

그것도 핵심에 속한 고수급.

일곱이란 숫자와 비교적 젊은 나이까지 떠올린다면 자연스럽게 무당파 칠성검수가 떠오른다. 그 외엔 무림 전체를 다 뒤져봐도 이 정도의 기태와 검기를 발하는 한 무더기의 말코 도사를 찾기 어려울 테니까.

'그렇다면 지금 적 관주와 함께 호검전에 든 사람은 무당파의 유명한 칠성검수를 데리고 다닐 수 있을 정도의 신분이란 뜻이군.'

이 정도만 떠올려도 대충 답은 나온다.

내심 고개를 끄덕여 보인 황조경이 주변에서 쭈뼛거리고 있는 영령과 진호군에게 한차례 턱짓을 해 보이곤 호검전으로 다가갔다. 그 앞을 자연스레 에워싸고 있던 칠성검수 따윈 완전히 무시한 처사다.

그러자 칠성검수의 수좌인 청음(靑陰)이 얼른 황조경의 앞을 가로막고 섰다. 그의 손에는 어느새 무당파 진산제자를 상징하는 태극진검이 들려져 있다.

"무량수불! 여도우께서는 신분을 밝혀주시기 바라오."

"그러는 도사님의 신분은 어찌 되지요?"

"빈도는 무당파의 청음이라 하옵니다."

"그렇군요."

황조경은 한차례 고개를 끄덕인 후 청음의 옆을 스쳐 지나갔다. 끝내 자신의 신분을 밝히지 않은 것이다.

청음은 무당파가 자랑하는 칠성검수의 수좌다.

무림에서의 신분이 결코 낮지 않다.

자신의 신분과 문파명을 밝혔음에도 황조경에게 무시를 당하자 노기가 치밀어 오르지 않을 수 없다.

휘릭.

청음은 준비 동작조차 없이 신형을 공중으로 솟구치더니, 두 차례나 공중제비를 돌고 황조경 앞에 떨어져 내렸다.

"제운종(梯雲縱)!"

황조경이 탄성을 발하듯 무당파에서 가장 유명한 신법의 이름을 외쳤다. 청음이 아무렇지도 않게 펼친 신법의 동작이 워낙 특징적이었기 때문이다.

그러자 청음이 다시 황조경의 앞을 가로막은 채 슬쩍 손바닥 하나를 내보였다.

"빈도는 이미 소속 문파와 신분을 밝혔소이다. 여도우께서도 그에 맞는 예의를 차려주심이 옳지 않겠소이까?"

"언제부터 도사의 이름과 혼인도 올리지 않은 규방 처녀의 방명이 똑같은 무게를 지니게 되었죠? 무당파라면 명문정파로 이름 높은 곳인데, 세간에서의 일상적인 예의범절조차 모른다니 참 실망스럽군요."

"그, 그건……."

"됐구요! 나는 호검관과는 한 식구나 다름없는 사이예요. 무당파의 도사님보다는 훨씬 적 관주와 인연이 깊으니, 계속 내 앞을 가로막는 실례를 범하진 말아주셨으면 고맙겠네요."

"……."

무당파 같은 청정도량에서 수도에만 전념했던 청음이다. 황금귀상련의 부련주로서 음모와 귀계가 넘치는 상계의 밑바닥을 거리낌 없이 돌아다닌 황조경과 말싸움 자체가 될 순 없다.

그는 일시 입을 가볍게 벌린 채 아무런 말도 하지 못했다.

그게 그가 할 수 있는 전부였다.

수좌가 그렇게 멍청해지자 다른 칠성검수 역시 검파에 손을 대기만 했을 뿐 어떤 행동도 취하지 못했다. 거기에 황조경의 뛰어난 미모와 범인을 가볍게 압도하는 기품이 한몫했음은 물론이다.

바로 그때 호검전 안에 적천경과 함께 들었던 신무도장의 목소리가 흘러나왔다.

"칠성검수는 손님의 앞을 가로막지 말라!"

청음을 비롯한 일곱 명의 칠성검수가 얼른 복명했다.

"제자들이 진무각주님의 명을 받드옵니다!"

황조경의 눈에 다시 이채가 떠올랐다.

'호오! 설마했는데, 정말 무당십검 중 하나인 진무각주 신검무쌍 신무도장이 호검관까지 온 건가? 이번 일이 정말 크긴 큰 모양이구나!'

청음이 칠성검수를 대표해서 황조경에게 반례하며 슬쩍 옆으로 신형을 물렸다.

"여도우께서는 들어가시지요."

"고마워요."

황조경이 청음에게 생긋 미소를 던지고는 호검전 안으로 향했다.

그 모습을 이십 대 중반이 넘도록 여자 손목 한 번 잡아 본 적 없는 청음을 비롯한 칠성검수가 넋을 놓고 바라보았다. 그들에겐 황조경의 모습이 이 순간 태상노군을 따르는 팔선녀처럼 아름답게 보였다.

검중중지(劍中重地).

호검전의 몇 안 되는 내실 중 적천경이 평소 기거하는 곳이다.

황조경은 방문을 열고 적천경의 얼굴을 확인한 순간, 가슴 한편이 슬며시 아파오는 걸 느꼈다.

일 년 만의 만남.

이제 갓 서른이 된 적천경은 외양에서 느껴지는 바는 전혀 변함이 없으나 얼굴 살이 조금 빠져 보인다. 아내 소연정이 죽은 후 자신을 돌볼 시간 따윈 가지지 못했던 것이리라.

'바보같이 얼굴 살까지 빠져 가지곤⋯⋯.'

적천경이 슬며시 자리에서 일어서 그녀를 맞았다.

"황 소저, 오랜만입니다. 처제는 만나 보셨습니까?"

"물론이에요. 적 관주는 어쩌다가 무시무시한 무당파에 죄를 진 것인가요?"

"어찌 감히 제가 무당파에 죄를 질 수 있겠습니까?"

"그럼 어째서 무당파 도사들이 호검관에 진을 치고 있게 된 거죠?"

"어쩌다 보니, 그리 됐습니다."

"어쩌다 보니라⋯⋯ 제 아버지 때문은 아니고요?"

"⋯⋯."

흠칫!

적천경은 별다른 반응을 보이지 않았는데, 그의 근처에 앉아 있던 신무도장이 볼살을 가볍게 떨어 보였다. 비로소 눈앞에 있는 홍의미녀의 정체를 간파한 까닭이었다. 하지만 깊은 수양으로 그는 심중의 동요를 참아 내었다.

그러자 적천경이 담담한 미소와 함께 신무도장에게 황조

경을 소개했다.

"도장, 여기 있는 황 소저는 황금귀상련의 부련주이십니다. 앞서 말씀드렸다시피 제 내자와는 의자매를 맺은 사이로 호검관과는 한 식구나 다름없습니다."

"무량수불! 무당파의 신무가 적봉황 황 소저를 뵈오이다. 부친께서는 별래무양하실 테지요?"

"무당파 십검의 일좌인 신검무쌍 진무각주의 명성은 익히 들었습니다. 아버지는 지나칠 정도로 건강하시답니다. 근데 근래 호북성 일대에 가뭄이 들어서 피해가 심하다던데, 귀파에는 피해가 없으신지 모르겠네요."

"다행히 균현 일대는 가뭄의 피해가 심각하지 않습니다. 하지만 인근까지 가뭄의 영향으로 점차 난민들이 모여들고 있어서 본파가 가진 여력만으론 구휼에 곤란을 겪고 있습니다."

"그러실 겁니다. 해서 본 황금귀상련에서 이번에 호북성쪽 분점을 통해 황금 일만 냥과 삼십만 섬가량의 구휼미를 난민들에게 지원하기로 했습니다. 마침 진무각주님을 뵙게 되었으니, 무당파에서 고생을 해 주셨으면 고맙겠습니다."

"본파에게 무슨 하명이라도 있으신지요?"

"당금 황조의 관리들이 썩었다는 건 세상 사람들 모두가 아는 사실 아닌가요? 무당파에서 난민들에게 공평하게 지원금과 쌀을 배분해 주셨으면 합니다."

"무량수불!"

신무도장이 어느 때보다 큰 도호와 함께 자리에서 일어
서더니, 황조경에게 정중하게 고개를 숙여보였다.

상계와 무림.

엄밀히 말해서 다른 세계다.

하지만 황금은 귀신도 부린다는 말이 있다.

특히 요즈음처럼 중원에 가뭄과 이변이 극심하여 부모가
다른 사람과 서로 자식을 바꿔서 잡아먹는 때에는 더욱 그
러했다. 어찌 됐든 다 먹고 살자고 하는 짓이지 않겠는가.

'황 소저, 여전하군.'

내심 고개를 끄덕여 보인 적천경이 난감한 기색이 된 신
무도장을 한차례 일별한 후 황조경에게 말했다.

"황 소저, 이곳에 좌정하시지요."

"그러죠."

황조경이 얼른 적천경의 앞에 앉았다. 신무도장 역시 마
찬가지로 본래 자리에 좌정했다.

그러자 황조경이 다시 예전의 화제로 돌아갔다.

"그래서 무당파는 어째서 호검관에 몰려 온 것이지요?"

"그게……."

"사실은 무당파의 금마옥이 얼마 전 파옥되었고, 그곳에

서 흉악한 대마두 몇 명이 탈출한 것 때문에 제 아버지가 보낸 거지요? 그죠?"

"……."

신무도장의 청수한 얼굴이 돌덩이처럼 굳어 버렸다. 황조경에게 완전히 허를 찔려 버린 까닭이었다.

팍!

황조경이 손바닥으로 탁자를 강하게 내려졌다. 내공이 담기진 않았으나 한 귀퉁이가 칼날로 잘라낸 듯 쪼개졌다.

'쳇! 어쩐지 정천맹 쪽으로 요사이 엄청난 자금을 쏟아 붓더라니! 칠 년만에야 신마혈맹에 대한 미련을 완전히 끊어 버리신 건가?'

황금왕 황대구의 신마혈맹에 대한 집착!

누구보다 잘 아는 건 다름 아닌 혈육이자 후계자인 황조경이었다.

그의 등쌀에 못 이겨 오 년 전 처음으로 호검관을 찾았고, 적천경을 만나 사련(邪戀)에 빠지게 되었다. 자신을 미워하게 되었다. 길고 긴 번뇌의 밤을 보내게 되었다.

하지만 지금은 그 같은 상념에 빠져 있을 때가 아니다.

부친 황대구가 신마혈맹에 대한 집착을 버린 건 좋지 않다. 매우 불길한 일이었다. 호검관과 적천경에겐.

황조경이 내심 눈살을 찡그려 보인 후 신무도장에게 고

개를 끄덕여 보였다.

"뭐, 알겠어요. 신무도장께서는 굳이 변명을 고민하실 필요 없어요."

"무량수불!"

"대신! 제게 한 가지 약속해 주셔야겠어요."

"말씀하시지요."

"하루 동안만 칠성검수와 함께 호검관을 떠나 주세요."

"그건……."

"아버지와 달리 저는 정천맹이 아니라 무당파에 관심이 있어요. 그런 제 관심을 계속 유지케 해 주시는 편이 좋지 않을까요?"

"……."

신무도장이 침묵 속에 다시 고개를 숙여보였다.

이미 황조경에게 내심을 읽힌 후다. 그녀가 내놓은 제안을 거절하긴 쉽지 않았다.

*　　*　　*

밤.

신무도장이 칠성검수와 함께 호검관을 떠나고 얼마 지나지 않았을 때였다.

검중중지를 벗어난 두 남녀, 적천경과 황조경은 한동안 침묵에 잠겨 있었다.

그러나 호검관의 정원은 무척 작았다.

두 사람의 침묵이 길어지긴 애초에 틀린 일이었다.

"하아! 일 년이 지나도 참 변하지 않는 정원이네. 꼭 막힌 주인하고 똑같달까?"

"미안하게 되었군."

"알면 되었네요."

신무도장을 앞에 두었을 때와는 달라진 적천경의 태도와 말투.

조금쯤 가벼워진 마음에 슬며시 타박과 함께 콧등을 한 차례 찡그려 보인 황조경이 결국 숨겨 났던 속내를 드러냈다.

"아버지가 적 관주를 팔아넘긴 일은 미안하게 되었어요. 이번 일은 어떻게든 제가 막을 테니까……."

"그럴 필요 없소."

"……설마! 방금 전의 대화를 듣고도 신무도장을 따라 무당산에 가려는 건 아닐 테지요? 무당파의 금마옥은 정천맹에서 중원의 신마혈맹을 토벌할 때 붙잡은 최악의 마두들을 가둬 놓은 장소예요. 사람이 절대 살 수 없는 장소에 마두들을 한데 몰아넣고 자연적으로 죽어가게 만든 거라구요."

"나도 들었소."

"그런데 그런 곳을 탈출한 끔찍한 대마두를 붙잡으러 가
겠다고요?"

"그럴 작정이오."

"왜요?"

"약속을 지키기 위해서요."

"약속이요?"

"그렇소. 아주 오래전에 한 약속을 지키기 위해서 나는
무당파에 가야만 하오."

"그 약속, 혹시 폭호검 곽채산과 관련된 건가요?"

"……."

적천경이 처음으로 놀란 기색이 되었다. 황조경의 입에
서 그 이름이 흘러나오리라곤 상상도 못 했기 때문이다.

놀라긴 황조경 역시 마찬가지다.

그녀가 폭호검 곽채산에 대해 조사한 건 그야말로 우연
이었다. 부친 황대구의 명에 의해 적천경에 관한 뒷조사를
수행하던 중 걸려든 몇 안 되는 이름 중 하나였기 때문이
다.

하지만 폭호검 곽채산은 그야말로 삼류 무사였다.

무력이 변변찮은 건 둘째치고, 뒷배경이 되는 사승관계

나 문파, 인맥 등을 종합적으로 고려해 봐도 최악이었다. 그야말로 아무것도 없는 무의미함, 그 자체인 사람이었다. 태어나서 죽는 순간까지 그러했다.

아니다.

착각이었다.

지금 이 순간 폭호검 곽채산이란 이름은 의미를 갖게 되었다.

그와의 약속을 기억하는 한 사나이. 적천경에 의해 그는 생생하게 살아났다.

"친구였나요?"

"하나밖에 없는 친구였소."

"그렇군요. 하지만…… 그 사람, 죽었잖아요."

"그렇다고 생각했소."

"안 죽었어요?"

"그걸 확인하기 위해 나는 무당산에 가려는 거요."

"금마옥! 그곳에 폭호검 곽채산이 수감되어 있던 거로군요? 아니다! 탈출한 마두들 중에 곽채산이 있군요! 맞나요?"

"……."

적천경이 대답 대신 묵묵히 고개를 끄덕여 보였다. 그렇게 황조경을 한숨짓게 만들었다.

'아버지, 정말 대단하시군요! 하지만 여기까지예요. 저역시 폭호검 곽채산이란 이름을 알아냈으니까요.'

황조경이 살짝 아랫입술을 깨물었다.

적천경의 고집은 대단하다.

이미 마음을 굳힌 이상 절대 자신의 뜻을 꺾지 않을 터였다. 다른 방도를 강구하기 전에는.

저벅! 저벅!

황조경과 헤어진 후 홀로 정원을 걷고 있던 적천경이 쓸쓸하니 밤하늘을 지키고 있는 달 아래 홀로 섰다.

반달도 아니고 보름달도 아닌 상태.

교교하니 은색 빛을 뿌리고 있는 달의 모양은 꽤나 어중간하다.

뭐라고 딱히 부를 말을 떠올리기 쉽지 않다.

적천경은 이 같은 달도 그리 나쁘진 않다고 여겼다.

모든 것이 흑백으로 나눠진 세상.

그중 어중간하거나 회색빛을 띠는 게 하나나 둘쯤 있다해도 문제될 건 없지 않겠는가.

그때 사르락거리는 소리와 함께 달빛을 밟으며 한 명의 가인(佳人)이 모습을 드러냈다.

낮 동안 침실에서 옴짝달싹도 하지 못하고 누워 있던 처제 소하연이었다.

익숙한 발걸음 소리만으로도 소하연의 등장을 눈치챈 적
천경은 시선을 달로부터 떼어 냈다.

"밤이 되면 아직도 날씨가 쌀쌀하다. 어찌 이 밤중에 나
온 거지?"

"하루 종일 누워 있었더니 산책을 하고 싶어졌어요."

"으음, 미안하구나. 오늘 몇 명이나 손님들이 오는 바람
에 처제에게 들르질 못했으니……."

"귀빈들이 왔다고 들었습니다. 형부께서는 크게 신경 쓰
지 마세요. 아!"

"……."

적천경이 가냘픈 신형을 휘청이는 소하연에게 얼른 손을
내밀었다. 그러자 사르락 소리를 내며 다가드는 그녀.

소하연은 적천경이 내민 손을 붙잡고 익숙한 자세로 몸
을 그의 강인한 어깨에 기댔다.

구름덩이가 다가와 안긴 듯한 느낌.

처제의 몸이 근래 들어 더욱 야위었다는 생각에 적천경
은 마음이 아파왔다.

'본래 처제도 연정처럼 활달한 성격이었다. 그런데 지금
은 이런 모습이 되었다니…….'

사실 아내 소연정과 마찬가지로 처제 소하연의 병은 가

문 대대로 이어진 괴질에 기인했다.

원인을 알 수 없는 절맥증!

만약 적천경이 일찍이 아내 소연정의 절맥증 치료에 익숙해지지 않았다면, 이미 그녀 역시 목숨을 잃었을 터였다. 인력으로 어찌할 수 없는 천형이었기 때문이다.

그런데 지금 적천경은 그녀를 떠나려 하고 있었다. 아내 소연정이 죽기 전 부탁한 유일한 피붙이를 떠나려 하고 있었다.

사락!

적천경의 다른 손이 습관처럼 소하연의 머리를 쓸어내렸다. 이마에 열이 있는지를 확인하기 위함이었다.

그러자 소하연이 형부의 부드러운 눈빛 깊숙한 곳에 담겨 있는 열정을 읽어냈다.

"형부, 호검관을 비우려 하시는군요?"

"아직은 아니다."

"아직은 아니지만, 곧 그러시겠다는 뜻이군요?"

"그럴 것 같다."

"하지만 형부가 이리 고심하시는 건, 그 외에 다른 무언가가 있기 때문일 테지요?"

"……."

적천경이 소하연의 이마에서 손을 떼어 냈다.

가슴이 뜨끔하다.

혹시라도 소하연에게 오늘의 일이 새어 들어갈까 봐 호검관의 어느 누구도 호검전 안으로 들이지 않았다. 그런데 어찌 이리 정확하게 자신의 내심을 꿰뚫어 본단 말인가.

적천경이 동요하고 있음을 눈치챈 소하연이 입가에 귀여운 미소 한 조각을 베어 물었다.

"후후, 오늘 제가 만난 외인은 조경 언니밖엔 없어요. 설마 형부는 조경 언니마저 의심하시는 건 아닐 테지요?"

"그럴 리가? 단지 나는……."

"그럼 더 이상 의심치 마세요. 저는 그저 형부가 달을 올려다보며 고심하시는 걸 보고 지레짐작해 봤을 뿐이에요. 그런데 정말 예상이 맞다니, 제게 의외의 재능이 있었던 것 같네요. 후후후."

소하연은 말끝에 미소를 흘리던 중 가녀린 몸을 몇 차례 휘청거렸다. 갑자기 경미한 현기증을 느낀 까닭이다.

적천경에게 이 같은 일은 생소한 게 아니다.

그는 얼른 소하연을 부축하고 있던 손에 힘을 준 후 머리에 머물러 있던 손을 내려 그녀의 명문혈(命門穴)에 가져다 대었다.

그리고 운기!

곧 적천경의 정순하고 고강한 내력이 부드럽고 끊임이

없는 기운으로 변해 살며시 발출되었다.

"으으음......."

소하연은 자신의 명문혈을 통해 물결처럼 파고들어오는 적천경의 내력을 받아들이며 입새로 작은 신음을 토해 냈다.

절로 흘러나오는 앓는 소리다.

아무리 적천경의 내공이 노화순청(爐火純靑)의 경지에 이르렀다곤 하나 타인에게 기력을 주입하기란 결코 쉬운 일이 아니다. 자칫 잘못하면 죽음에 이르게 할 수 있다.

그래서 이런 식의 운기요상이 이뤄질 때마다 적천경과 소하연은 외줄을 타는 기분이었다. 한 명은 심장이 바짝바짝 타 들어가고 다른 한 명은 심력이 크게 고갈되고 심한 고통을 감내해야만 했다.

하루하루 죽어 가고 있는 소하연의 경맥들.

언제라도 폭발할 듯 위태로운 경맥들에게 한 가닥 생기를 남겨 주기 위한 두 사람의 사투는 이미 역사가 제법 오래된 상황이었다.

그렇게 꿈결처럼 시간이 흘러갔다.

금방이라도 생기를 잃고 쓰러질 것만 같던 소하연의 창백한 안색이 불그스레한 기운을 담았다. 몸의 상태가 눈에 띌 정도로 호전된 것이다.

적천경은 그제야 소하연의 명문혈에서 손을 떼어 냈다.

장강의 물결같이 끊임이 없던 진기의 전도 역시 거짓말처럼 그쳤다.

"고생했다."

"형부야말로 고생하셨어요. 운기조식을 취하지 않으셔도 되겠어요?"

"괜찮다. 이 정도는."

"하지만……."

"처제만 괜찮으면 되었다. 그리고 사실 내가 이제 내공을 충실히 해서 어디에 쓸까?"

적천경의 반쯤 농 섞인 말에 소하연은 미소를 지어 보였다. 얼마 전보다 훨씬 생기가 감도는 표정과 함께다.

"후후, 형부가 농담도 다 하고. 확실히 조경 언니가 오니좋군요. 일 년 만에 오신 거니, 조경 언니한테 많이 신경을 써주세요."

"처제, 그건……."

"조경 언니는 아직까지도 혼자예요. 꽃 같은 젊음을 형부만을 바라보며 지내고 있으니, 결코 그 두터운 은의(恩義)를 저버려선 안 됩니다."

"……."

소하연의 뒷말은 조금 엄한 기운을 담고 있었다.

평상시 적천경에게 반 마디도 강요하지 않던 것과 비교하면 참 놀라운 변화다.

그러나 적천경은 소하연의 이 같은 마음이 어디에서 연유한 것인지를 잘 알고 있었다. 그녀는 언니 소연정이 죽은 후 비탄에 잠긴 자신을 줄곧 걱정해 왔던 것이리라.

"처제, 내가 오늘 운수 좋게 백 년 된 고려 산삼 한 뿌리를 얻게 되었다. 고려 산삼은 천하에 영약이라 하니, 처제의 병세에 크게 도움이 될 거야."

"형부, 제 말에 아직 답을 주지 않았어요!"

"벌써 시간이 꽤 많이 흘렀다. 이미 취침 시간이 한참이나 지났으니, 침실로 돌아가거라."

"형부……."

"어서!"

적천경이 슬쩍 목소리를 높이자 소하연은 뭐라 더 말하려다 곧 단념한 표정을 지어 보였다. 자신을 바라보는 적천경의 눈 속에 담긴 단호함을 읽은 까닭이었다.

*   *   *

황조경은 자신의 처소로 정해진 별실에 누웠다가 속이 답답해서 다시 밖으로 나왔다.

아무리 생각해도 그냥 넘어갈 수 없었다.

어떻게든 적천경을 만나서 다시 설득해 볼 작정이었다.

그렇게 정원 쪽으로 빠르게 걸음을 옮기던 황조경은 달을 바라보는 적천경의 모습을 발견하고 내심 크게 반가웠다.

생각해 보면 호검관에 온 후 적천경과는 계속 공적인 얘기만을 나눴다. 뿐만 아니라 곁에는 무당파의 신무도장까지 함께 있었다.

한밤에 심중의 정인을 만나게 되자 마음이 묘하게 설레었다. 애초 그를 만나려던 목적조차 지금은 크게 중요치 않게 여겨졌다.

한데, 평소처럼 쾌활한 표정으로 적천경을 부르려던 그녀는 입술만 달싹일 수밖에 없었다.

저 멀리, 달빛 속에서 걸어들어 온 한 명의 여인.

소하연은 당장이라도 쓰러질 듯 위태롭게 적천경에게 다가가고 있었다.

황조경은 그쯤에서 발길을 돌려야겠다고 생각했다.

그러는 게 옳았다.

그러나 그녀는 그러질 못했다.

그녀는 오히려 몸을 큼지막한 정원수 뒤로 숨겼다.

천하에서 가장 친숙한 형부와 처제 사이를 훔쳐보는 어

처구니없는 여인이 된 셈이다.

그렇게 시간이 흘러갔고, 소하연이 운기요상이 끝난 후 적천경에게 한 말을 그녀는 듣게 되었다.

두근! 두근!

사춘기가 지난 지 몇 해가 흘렀을까?

더 이상 가슴 뛸 일이 없으리라 생각했는데, 그렇지도 않은 것 같다.

황조경은 심장이 일시 터지는 게 아닌가 걱정했다.

그런 생각을 해야 할 만큼 그녀의 심장은 빠르게 뛰고 있었다.

혈류 역시 빨라지고 있었다.

그녀가 적천경을 생각하는 마음만큼의 변화다.

부인할 수 없는 사실이다.

하지만 황조경의 안색은 곧 창백하게 굳어버렸다.

완강하고 단호한 태도!

그녀는 소하연의 부드러운 권유를 냉정하게 외면하는 적천경의 태도에 상처 받았다. 지난 수년간의 사련 끝에 더 이상 상처를 받을 일 따윈 없으리라 생각했는데, 그렇지도 않은 모양이었다.

'적천경! 이 바보 같은 인간……'

황조경은 달빛을 받으며 천천히 멀어져 가고 있는 적천

경과 소하연의 뒷모습을 바라보다 주먹을 꽈악 쥐었다. 어느새 촉촉한 물기가 그녀의 양 뺨을 적시고 있었다.

바람.

한줄기 야풍이 불어와 답답한 그녀의 가슴속을 헤집고 지나갔다.

4장

무당행(武當行)

이튿날.

신무도장은 칠성검수와 함께 새벽부터 호검전으로 적천경을 찾아갔다.

어제 듣지 못한 확답을 받기 위함이었다.

'으음, 적봉황 황조경 소저가 중간에 끼어들 줄이야! 만약 적 관주가 끝까지 무당산에 가는 걸 거부한다면, 어쩔 수 없이 화산으로 가 매화검신(梅花劍神) 선배를 만나 고개를 숙여야만 한다. 그건 절대로 안 될 일! 오늘은 반드시 적 관주에게 확답을 얻어내고 말리라!'

— 매화검신 유원종.

당금 정천맹의 삼대 태상 중 한 명이자 화산파의 태상 장로로 정파를 대표하는 검신이었다. 정천맹주를 제외하곤 최강이라 할 만한 절대고수인지라 구파일방에서의 위치가 존귀하기 이를 데 없었다.

당연히 금마옥이 파옥되었을 때 무당파에선 섬서성(陝西省)에 있는 화산파에 도움을 요청하는 방안도 검토되었다. 일단 거리상 가깝고, 같은 구파일방에 속한 문파이기 때문이다.

하지만 결국 무당파는 신무도장을 화산파가 아닌 호검관으로 보냈다. 그럴 수밖에 없었다.

화산과 무당.

전통적으로 같은 구파일방에 속하긴 하지만 수없이 많은 일화를 남긴 앙숙 관계라 할 수 있었다. 황대구로 인해 호검관주 적천경이란 재야의 은거 고수를 알게 된 이상 매화검신 유원종에게 머리를 숙일 필요가 없어졌다는 게 무당 수뇌진들의 중론이었다.

신무도장 역시 이에 동감이라 호검전을 앞에 둔 그의 눈에는 결연한 의지가 담겨져 있었다. 이미 칠성검수와 함께 적천경과 검을 겨뤄본 직후라 일말의 망설임조차 남아 있지 않았다.

한데, 호검전을 얼마 두지 않았을 때 신무도장의 눈에 이채가 떠올랐다. 이른 새벽임에도 호검전 앞을 서성이고 있는 황조경을 발견한 까닭이었다.

"무량수불!"

황조경이 시선을 신무도장에게 던졌다.

"도장, 참 일찍도 오셨군요. 역시 도사들은 잠이 그다지 없는 걸 테지요?"

"본시 우리 같이 수행하는 자들은 잠이 없는 게 사실입니다. 황 도우야말로 어찌 여인의 몸으로 이리 이른 시간에 오신 건지 모르겠습니다?"

"그야 당연히 도장에게 할 말이 있어서겠지요."

"빈도에게 말입니까?"

"그래요."

황조경이 고개를 끄덕이자 신무도장의 표정이 깊어졌다. 그는 황조경의 내심을 읽기라도 하려는 듯 안광 어린 시선으로 그녀의 표정을 세세히 살폈다.

그러나 황조경이 그런 압박에 굴할 여인이 아니다. 그녀는 아무렇지도 않은 표정으로 말했다.

"역시 도장께서는 그냥 호검관을 떠나 주셔야 할 것 같아요."

"그건 어째서지요?"

"호검관은 작은 무관이에요. 적 관주를 제외하곤 변변한 고수조차 없는 터에 그를 호북의 무당산까지 장기간 여행을 떠나게 할 수는 없어요."

"그 문제라면 문제없습니다. 적 관주가 자리를 비운 동안 호검관에는 빈도를 수행하기 위해 따라온 칠성검수가 남을 테니까요."

"호오? 칠성검수 일곱 명이 적 관주와 비견할 만하다고 생각하시는 건가요?"

신무도장의 얼굴에 슬쩍 불쾌감이 떠올랐다. 황조경의 말이 물론 틀린 건 아니나 상당히 모욕적인 의미를 담고 있었기 때문이다.

그러나 그는 오랫동안 도를 익힌 고인이다.

어찌 아녀자가 건 말싸움 따위에 성질을 부릴 수 있으랴.

그는 잠시 고심한 후 대답했다.

"적 관주는 당세의 숨은 고인으로 본파의 칠성검수는 당연히 비견될 수 없습니다. 빈도가 호검관에 남기려는 건 무당의 이름입니다."

"무당의 이름……."

황조경은 처음 의도한 대로 신무도장의 말에 다시 반박하려다가 말끝을 흐렸다. 자칫 호검관과 적천경이 자신의 발언으로 인해 무당파 전체를 적으로 삼을 위험이 있었기 때문이다.

'흥! 과연 말코 도사의 심계가 제법이구나. 의지 또한 대단하고. 이렇게 되면 결국 적천경은 말코 도사를 따라 무당산으로 가게 될 것 같은데, 이 일을 어쩌지?'

황조경의 작은 머릿속이 일순 맹렬하게 회전했다. 어떻게든 타개책을 찾기 위함이었다.

그때 호검전에서 얼마 떨어지지 않은 전각 쪽에서 적천경의 모습이 나타났다.

산뜻한 현의 무복.

허리에 매달린 녹슨 철검으로 화한 멸천뇌운검.

머리 역시 평소와 달리 묵룡이 수놓아진 영웅건으로 단정하게 묶은 적천경은 단숨에 황조경과 신무도장 앞에 이르렀다. 두 사람의 모습을 보자마자 분뢰보의 일보축지(一步縮地)를 전개한 결과다.

슥!

"저, 적 관주, 그 모습은……."

황조경이 놀라 말까지 더듬자 적천경이 입가에 부드러운 미소를 담았다.

"처제가 만들어 준 무복이오. 괜찮지 않소?"

"멋있어요. 멋있긴 한데…… 도대체 왜 새벽부터 그런

차림을 하고 나온 거예요? 설마 오늘 당장 무당산에 갈 작정을 하신 건 아닐 테지요?"

"그렇소. 나는 오늘 무당산으로 출발할 작정이오."

태연한 적천경의 대답에 황조경이 울컥한 표정이 되었다. 눈빛과 목소리 역시 동시에 날카로워진다.

"적 관주, 예전에 한 친구와의 약속은 중요하고 하연 동생은 중요하지 않다는 건가요! 지금 하연 동생에겐 적 관주가 필요하잖아요! 만약 적 관주가 호검관을 나섰다가 연정처럼 하연 동생의 병세가 악화되기라도 하면 어떡할 거예요!"

"황 소저, 이번 무당행을 권한 건 처제요. 그녀는 자신의 언니가 혼인한 남자는 절대로 아녀자를 위해 의(義)를 포기하는 사람이 아니라고 하였소."

"그, 그런 억지가 어딨어요! 그런 소리를 적 관주는 그냥 받아들인 거예요!"

"받아들일 수밖에 없었소. 나는 누구보다 연정을 잘 알고 있었으니까."

"……."

적천경의 담담하나 강한 대답에 황조경은 가슴이 떨리는 걸 느꼈다.

수년 전.

부친 황대구의 명으로 갓 혼인한 적천경을 꼬시기 위해 호검관을 방문했을 때와 똑같았다. 거진 일 년에 걸쳐 온갖 뒷공작으로 고난을 안겨줬음에도 한 치의 흐트러짐이 없던 올곧은 사내는 여전했다.

그때와 똑같다.

하나도 변한 것이 없었다.

세월을 뛰어넘어 지금 다시 자신 앞에 눈을 빛내고 있었다.

"이런 바보 같으니라구!"

"황 소저……."

"난 더 이상 모르겠으니, 무당산으로 떠나든지 말든지 알아서 해버려요!"

적천경에게 맹렬하게 쏘아붙인 황조경이 신형을 돌려세우더니, 휘익하고 달려갔다.

그녀가 향하는 방향.

방금 전 적천경이 떠나온 전각 쪽이다.

'처제를 만나러 가는 건가…….'

적천경은 순식간에 멀어져 버린 황조경의 뒷모습을 잠시 바라보다 시선을 거둬들였다. 그리고 뒤에 선 신무도장에게 갑자기 생각난 듯 질문을 던졌다.

"도장, 무당파에는 자소단이란 성약이 있다던데, 굳어가는 사람의 경맥에도 도움이 되는지요?"

"굳어가는 경맥? 혹여 오음절맥(五陰切脈)이나 칠음절맥(七陰切脈) 같은 절맥증을 말하시는 것입니까?"

"비슷합니다."

"절맥증의 경우 보통 치료가 불가능하다고 알려져 있는 불치병이긴 하나, 내가 고수의 도움과 성약이 있다면 고치지 못할 것도 없다고 알고 있습니다."

"그 말씀은……."

"빈도를 비롯한 무당파의 여러 사제들과 자소단의 도움이 있다면, 웬만한 절맥증은 치료할 수 있다는 뜻입니다. 그런데 적 관주의 친인 중에 그 같은 질병을 타고난 사람이 있는 것입니까?"

"제 처제입니다."

"허어, 그런 일이!"

나직이 탄성을 터뜨린 신무도장이 눈에 안광을 담은 채 말했다.

"적 관주는 염려하지 마십시오. 이번 일만 잘 처리되면, 빈도가 힘을 써서 자소단을 내드리도록 하겠습니다. 그리되면 적 관주의 내공이 이미 초범입성(超凡入聖)의 경지에 올랐으니, 다른 도움은 필요 없을 것입니다."

"도장께서 그리 신경 써 주시니 감사할 따름입니다."

적천경이 신무도장에게 슬며시 허리를 숙여 보였다.

처제 소하연은 아내 소연정처럼 사상 최악의 절맥증이라 할 수 있는 태음절맥(太陰切脈)으로 하루가 다르게 쇠약해져가고 있었다. 근래엔 온갖 영약으로 몸을 보했음에도 정기의 대부분이 고갈되어 버린 상태였다.

명의라 일컬어지는 의원들조차 고개를 가로젓는 불치병!

태음절맥에 걸린 사람이 여태까지 생존해 있는 것조차 기적이라 할 수 있었다. 일반적인 절맥증에 비해 열 배는 더 무서웠다. 하지만 적천경은 굳이 그 같은 사실을 신무도장에게 알리진 않았다.

무당파의 성약 자소단.

그것을 이용해 처제 소하연의 병세를 조금이라도 완화시키거나 호전시킬 수 있다면, 그것으로 족하다. 더 이상의 것을 바란다는 건 사치임을 그는 그동안의 경험을 통해 너무나 잘 알고 있었다.

*　　　*　　　*

호검관의 정문 앞.

간단하게 짐을 꾸린 적천경이 이십여 명가량의 제자들을 하나하나 눈으로 살핀 후 대제자 진호군을 불러들였다. 그에게 당부할 말이 있었기 때문이다.

"호군, 호검관을 부탁하마."

"사부님, 염려 놓으십시오! 제자, 분신쇄골(粉身碎骨)을 하는 일이 있더라도 호검관과 하연 고모님을 반드시……."

"분신쇄골해선 곤란하다."

"……예?"

당황한 표정이 된 진호군에게 적천경이 진지하게 말했다.

"호군, 너는 호검관의 대사형이나 아직 무공이 부족하다. 내공이 약하고 검로 역시 진경에 이르지 못했으니, 절대적으로 싸움을 피해야만 한다."

"하, 하지만 제가 싸움을 피하면 누가 하연 고모님과 사제들을 건사합니까?"

"명성 드높은 무당파의 칠성검수가 있지 않느냐? 그들은 당당한 고수이고, 명예를 아니까 삼류의 인물들은 결코 호검관을 노리지 못할 것이다. 네가 걱정해야 할 건 칠성검수조차 막지 못할 적이 호검관을 노릴 때이니라."

"아!"

진호군이 가볍게 탄성을 발했다. 비로소 적천경이 한 명령의 의미를 눈치챈 까닭이었다.

툭! 툭!

적천경이 진호군의 어깨를 두어 차례 두들긴 후 목소리를 슬쩍 낮춰 말했다.

"그래, 네가 생각한 대로다. 무당파의 칠성검수에게 모든 분쟁을 맡긴 후 너는 오로지 하연 처제와 사제들의 안위만을 걱정하거라. 절대로 누구 하나 상하게 해서는 안 되느니라."

"명심하겠습니다!"

"그래, 믿겠다."

다시 진호군의 어깨를 두드려준 적천경이 주변에서 쭈뼛거리고 있던 쌍령에게 시선을 던졌다. 그러자 평소대로 영령이 쪼르르 달려온다.

"적 관주님, 부련주님은 여전히 화가 잔뜩 나 계세요!"

"그건 큰일이로군."

"아이 참! 자기 일 아니라고 또 이러신다! 부련주님, 화나시면 정말 무섭단 말예요!"

"그렇군."

여전한 적천경의 태도에 결국 영령이 마구 발을 굴려댔다. 가뜩이나 만두 같은 양 볼이 이미 빵빵하게 부풀어 있다.

"그렇게 안 봤는데 적 관주님 정말 너무 하세요! 그동안 우리가 호검관을 얼마나 성심성의껏 도왔는데……."

"우리가 아니라 부련주님이시겠지."

"……그게 그거잖아!"

"완전히 달라."

부드럽지만 단호한 말로 영령의 입을 다물게 만든 건 교령이었다.

언제나와 같이 총명하고 차분해 보이는 눈동자.

교령이 평범한 은채로 고정시킨 긴 머리를 한 손으로 살며시 쓰다듬고는 적천경에게 말했다.

"적 관주님, 부련주님에 대해선 크게 개의치 마세요."

"그래도 될까?"

"부련주님은 하연 언니한테 무척 약하세요. 하연 언니의 뜻이 분명하신 만큼 자신의 뜻을 계속 우기시진 않을 거예요. 그리고 여행 중에 필요하실 것 같아서 몇 가지 물품을 준비했습니다."

교령이 내민 작은 보퉁이를 적천경이 미소와 함께 받아 들었다. 크기에 비해 제법 무게가 묵직하다.

"신세를 지게 되었군."

"보중하세요."

"그러지."

적천경이 보퉁이를 자신의 짐과 한데 합쳐서 어깨에 들쳐 멨다. 그러자 영령의 두 볼이 더욱 부풀어 올랐다.

"교령 언니, 이건 배신이야! 부련주님에 대한 배반이라구!"

교령이 새침하게 바라봤다.

"너만 입 다물면 돼!"

"그, 그치만……."

"설마 부련주님한테 고자질을 하겠다는 건 아닐 테지?"

"……절대!"

영령이 얼른 양손을 휘저어 보였다.

친자매인 걸 떠나서 교령에겐 절대 당적할 수 없는 영령이었다. 적어도 열 배 이상의 보복을 감수할 각오를 했다면 몰라도 말이다.

그러는 사이 다시 진호군에게 몇 마디 당부의 말을 건넨 적천경이 이미 정문을 벗어나 있던 신무도장에게 다가갔다. 그러자 일찌감치 칠성검수와 대화를 끝낸 그가 나직한 도호를 입에 담았다.

"무량수불! 말씀은 다 끝나셨는지요?"

"예."

"그럼 출발하실까요?"

"그러지요."

적천경이 대답했고, 신무도장이 고개를 미미하게 끄덕여 보였다.

칠 년.

녹슨 철검을 거두고, 강서성 악안의 작은 무관에 몸을 거했던, 적천경이 무림에 재출도하는 순간이었다.

잘끈!

황조경이 아랫입술을 깨물었다.

양 주먹에도 평소와는 비교를 불허할 만큼의 힘이 들어가 있다.

중원 상계를 주름잡는 마녀!

강철로 된 혈로를 걷는 봉황새라 불리우는 고강한 무력의 소유자답게 그녀는 지금 심각할 만큼 폭력에의 갈구를 느끼고 있었다.

적천경?

물론 포함된다.

한 떨기 가련한 꽃과 같은(?) 자신의 부탁을 일고의 가치도 없다는 듯 짓밟고 떠나가고 있는 그다. 절대 용서할 수 없는 기분이었다.

하지만 일단은 뒤로 미뤄둔다.

지금 그녀가 분노하고 있는 대상은 쌍령, 그중에서도 교령이었다. 감히 자신의 의중을 알고서도 적천경이 호검관을 떠나는 걸 지지한 그녀를 결단코 그냥 놔둘 수 없었다.

'교령, 내 너를 총애했거늘 감히 이런 짓을 저지를 줄이야! 날 배신한 걸 반드시 후회하게 만들어 줄 테다!'

서늘한 눈가에 깃든 살기!

당장 피를 볼 것만 같다. 그럴 작정이었다.

한데, 정문 쪽에 고정되어 있던 황조경의 눈살이 슬쩍 찡그려졌다. 문득 그녀의 배후로 조심스레 다가들고 있는 여인의 힘겨운 호흡성을 느낀 까닭이었다.

"하연 동생, 어째서 밖으로 나온 거야?"

정문 쪽에서 시선을 떼어 낸 황조경에게선 어느새 살기가 절반 이상 사라져 있었다. 그러자 호검관의 안주인이자 그녀의 의자매인 소하연이 하얗게 웃어 보였다.

"조경 언니, 많이 화나셨지요?"

"내가 화가 나? 전혀! 내가 왜 적 관주가 하연 동생을 놔두고 호검관을 떠나는 걸 화내겠어? 그 바보 같고 어리석은 친구와의 약속이란 것 때문에 말야!"

"화 나셨네요."

"아, 정말! 화 안 났다니까!"

"죄송합니다."

갑자기 고개를 숙여 보이는 소하연의 태도에 황조경이 당황한 표정이 되었다.

"어째서 하연 동생이 사과를 하는 거야! 이 모든 건 적 관주의 잘못인데…….”

“형부의 잘못에는 제 몫도 있는 법이니까요. 그리고……
하아! 하아!”

잠시 가슴을 손으로 짚은 채 호흡을 고르느라 말끝을 흐
린 소하연이 황조경에게 고개를 끄덕여 보였다.

“조경 언니가 이번에 형부의 무당행을 반대하신 걸 저도
알고 있었어요. 그런데도 언니가 제게 아무 말씀을 하지 않
으신 것도 알고요.”

“뭐, 그야 적 관주는 못 말릴 고집쟁이잖아. 그래서 하연
동생도 그의 뜻을 따른 것일 테고 말야.”

“잘 아시네요.”

“정말 그랬단 말야!”

황조경이 소하연에게 두 눈을 부릅떠 보였다. 다시 눈 속
에서 서늘한 살기가 뻗쳐 나온다.

잠시뿐이었다.

곧 황조경이 살기를 거둬들였다. 소하연의 안색이 새파
랗게 질린 모습을 본 까닭이다.

“미안.”

“괘, 괜찮아요.”

“괜찮긴 뭐가 괜찮아! 얼른 침소로 돌아가자.”

어느새 다가와 허리에 팔을 두른 채 부축한 황조경에게

소하연이 가볍게 고개를 저어보였다. 여전히 안색은 좋지 못했으나 입가에 매달린 미소가 강인하다.

"그전에 조경 언니한테 할 부탁이 있어요."

"부탁? 뭔데?"

"조경 언니에게 형부를 부탁드리고 싶어요."

"뭐?"

놀란 나머지 황조경이 소하연에게서 몸을 빼내려다 포기했다. 허리에서 손을 떼자마자 그녀의 몸이 바로 바닥으로 무너져 내렸기 때문이다.

소하연이 고개를 저어보였다.

"오해예요. 저는 아직 언니처럼 형부를 혼자 둔 채 죽을 생각이 없어요."

"그, 그렇지! 당연히 그래야지!"

"그래서 조경 언니가 형부를 무사히 호검관으로 돌아오게 해 주셨으면 해요. 빠른 시일 내요."

"나 더러 적 관주의 뒤를 따라가란 뜻이야?"

"예, 그래 주실 수 있겠어요?"

"……."

황조경이 즉답을 피한 채 잠시 소하연을 바라보다 미미하게 고개를 끄덕여 보였다. 비로소 자신이 해야 할 일을 찾은 듯했다.

그러자 더할 나위 없이 환해진 소하연의 표정.

'연정 언니, 기대해도 되겠죠? 이번엔 진짜 저와 한 가족이 되는 걸요?'

소하연은 그렇게 자신의 속내를 숨겼다.

적천경과 황조경.

언니 소연정의 죽음 이후 줄곧 공전하고만 있는 두 사람의 앞날에 축복이 있기를 진심으로 기원하면서.

한 식경 후.

호검관을 뒤로하고 붉은 피와 같은 땀을 흘리는 대완구에 올라탄 황조경이 바람같이 내달리기 시작했다.

일진광풍(一陣狂風)!

어느새 그녀와 대완구의 주변에 자욱한 흙먼지를 만들어낸다. 마치 향후 벌어질 대혼란을 예고라도 하려는 듯.

히히히힝!

대완구는 울부짖고 황조경은 채찍질에 여념이 없다. 앞서 떠나간 적천경 일행을 단숨에 따라잡을 작정이다.

*　　　*　　　*

낙조.

황홀할 만큼 붉은 기운이 대지 위를 온통 불태우기 시작할 무렵이었다.

전날과 다름없달까?

호검관이 내려다보이는 언덕 위에 묵직하게 무게를 잡으며 서 있는 황금왕 황대구의 배후로 한 명의 여인이 모습을 드러냈다.

쌍령 중 언니인 교령이다.

그녀가 도착과 함께 부복하자 황대구가 뒤도 돌아보지 않고 질문했다.

"아경이는 적 관주를 따라 갔으렷다?"

"예, 한 시진가량 시간차를 둔 채 호검관을 떠나셨습니다."

"허허, 급한 성질머리는 제 에미를 닮아 여전하구나. 그래, 교령 네가 보기엔 어떠하더냐?"

"적 관주와 부련주님 사이에 관계 진전은 여전히 없었던 걸로 압니다. 다만……."

"다만?"

"……다만, 제 짧은 생각에 부련주님은 드디어 마음의 결정을 내리신 것 같습니다."

"평소대로의 적봉황으로 돌아왔다는 말이더냐?"

"그 같은 결정을 내리지 않았다면 어찌 호검관으로 돌아오셨겠습니까? 적 관주님에게 무당산 금마옥에 관한 사항을 알리고자 하셨다면 전처럼 전언을 주셔도 되셨을 거라 사료됩니다."

"으허허헛!"

대소와 함께 황대구가 교령 쪽으로 신형을 돌려세웠다. 만면 가득 득의한 미소가 가득하다. 평소에 다시없을 만큼 만족스러운 기분이 되었음이 분명하다.

잠시뿐이었다.

곧 표정을 평상시로 되돌린 그가 화제를 바꿨다.

"그럼 멸천뇌운검에 대해 말해 보거라."

교령의 안색이 살짝 굳었다.

"전에 보고 드린 대로 멸천뇌운검의 행방은 여전히 오리무중입니다. 그 정도의 신기를 지닌 마검은 호검관 어디에도 존재하지 않았습니다."

"하지만 적 관주가 무당에 맨손으로 떠나진 않았을 터인데?"

"녹슨 철검 하나를 가지고 떠나셨습니다."

"녹슨 철검?"

"예, 검인에 날이 빠지고 군데군데 녹이 슨 철검만을 가지고 떠나셨습니다."

"자세히 살펴봤구나?"

"적 관주님이 평소 제자들에게 검법 시범을 보일 때 사용하곤 하던 장검입니다. 몇 번이나 몰래 살펴봤기에 그림까지 그려놓았습니다."

교령이 말을 마친 것과 함께 품속에서 그림 한 장을 꺼내서 황대구에게 바쳤다. 세심한 그녀답다.

팔랑!

손을 뻗어 그림을 펼쳐든 황대구의 미간 사이에 작은 골이 패였다.

'이건…… 정말 훌륭한 하나의 고철덩어리로군. 그럼 도대체 멸천뇌운검은 어디다 처박아 놓았다는 말인고!'

멸천뇌운검!

그가 전날 적천경을 꼬시기 위해 갖다 바쳤던 신마혈맹의 지존신물이자 절대마병이다.

그 뒤 중원에 남아 있던 신마혈맹의 잔당들로부터 황금귀상련을 지켜내기 위해 얼마나 힘든 나날을 보내야만 했던가. 잠깐 떠올리는 것만으로도 치가 떨려 온다.

그래서 포기할 수 없었다.

적천경과 멸천뇌운검.

이 둘 모두를 반드시 가져야만 했다. 손에 넣어서 쥐고 마음껏 흔들어야만 했다. 지난날 신마혈맹에 갖다 바친 황금귀상련의 막대한 재보에 대한 대가를 돌려받기 위해서 말이다.

'뭐, 결국은 내 뜻대로 될 테지. 이번 무당 금마옥과 관련된 일은 결코 쉽게 끝나지 않을 테니까.'

내심 음흉한 미소와 함께 어깨를 한차례 추어보인 황대구가 교령에게 고개를 끄덕여 보였다. 두 겹의 턱밑 주름이 가는 떨림을 보인다.

"되었다. 이만 돌아가 보도록 하거라."

"예."

"아! 그리고……."

"하명하시지요."

"……아경이 말이다. 화장은 잘 했더냐?"

"부련주님에게 화장 같은 건 불필요한 일입니다. 여전히 눈이 부실 만큼 아름다우시니까요."

"그렇지?"

"예."

대답과 함께 고개를 숙인 교령의 눈빛이 가벼운 그늘을 담았다.

호검관주 적천경.

대놓고 그에게 관심을 보이는 황조경이나 동생 영령과 마찬가지로 교령 역시 호감을 느낀 지 오래되었다. 지난 수년간의 세월 동안 그가 보인 따뜻함과 한결같음에 절로 마음이 기울게 된 것이다.

하지만 교령의 주인은 눈앞의 황대구.

그의 명을 따라야만 하는 운명이 섬세한 영혼을 지닌 교령의 마음을 난마와 같이 휘저어 놓고 있었다. 어찌할 수 없는 감정의 격류와 함께 말이다.

*　　　*　　　*

호검관을 떠나 하루하고 반나절이 지났을 무렵이었다.

호북성 균현으로 향하는 관도 위를 묵묵히 질주하고 있던 적천경과 신무도장의 눈에 이채가 어렸다.

그들이 향하는 길목 한편.

집채만 하고 넓적한 바위 위에 한 명의 익숙한 홍의미녀가 드러누워 있었다.

적봉황 황조경이다.

그녀는 자신의 대완구를 완전히 혹사시켜서 적천경 일행을 따라잡는 데 성공했다. 그것도 관도와는 달리 거친 샛길을 이용해서 말이다.

그래서인지 한쪽에서 풀을 뜯어먹고 있는 대완구는 연신투레질을 하고 있다. 주인의 혹사에 완전히 삐져버린 듯하다. 아예 황조경 쪽은 쳐다도 보지 않는다.

"무량수불! 혹시 약속이라도 하셨던 것인지요?"

"그럴 리가요."

의혹의 눈초리가 여실한 신무도장에게 단호한 한마디를 남긴 적천경이 황조경 쪽으로 다가갔다.

히힝!

히히히히힝!

그러자 마구 소리를 질러대기 시작한 대완구.

영물에 가까운 놈이라서인지 한 번밖엔 본 적이 없는 적천경을 알아본다. 어쩌면 주인 황조경이 갑자기 흉포해진 원인이 그임을 알아본 것인지도 모르겠다.

"응?"

황조경이 그제야 바위 위에서 상반신을 천천히 일으켰다.

하루 반나절 동안 쉬지 않고 말을 달린 탓에 살짝 잠이 든 참이었다. 옷차림 역시 꽤나 무방비 상태다. 육감적인 몸매에 기능적으로 맞춰진 치마 자락은 특히 더욱 그렇다.

'치마 안쪽이 보이는데……'

황조경 쪽으로 고개를 치켜올리던 적천경의 눈매가 가늘어졌다. 본의 아니게도 좋은 구경을 하게 되었다.

"너무 늦었잖아요!"

"날 기다렸던 것이오?"

"아니면 내가 뭐 하러 이런 곳에서 드러누워 있었겠어
요? 그보다 눈 안 치워요!"

"……."

적천경이 그제야 시선을 옆으로 돌렸다. 가늘어졌던 눈
매 역시 정상으로 되돌린다.

휘익!

그 순간 바위를 박차고 황조경이 뛰어내렸다.

붉은 옷자락이 바람에 격한 나부낌을 보인다. 멋진 공중
제비다.

그러자 옆으로 돌아갔던 시선을 얼른 그쪽으로 던지는
적천경.

파팍!

어느새 바닥에 착지한 황조경의 늘씬한 다리가 번개같이
적천경의 앞을 오고간다. 위협한다.

"작작 좀 하시지!"

"여전히 멋진 각법이로군."

"물론이에요. 어떤 사내의 얼굴이든 가볍게 뭉개버릴 수
있죠. 내 치마 안쪽을 보기 전에요. 여전히 볼 의향이 있나
요?"

"전혀."

"아쉽군요. 적 관주라면 보여 줄 생각도 있었는데."

"하하!"

짤막하게 웃음을 지어 보인 적천경이 진지한 표정이 되었다. 다시 호검관주로 돌아간 것이다.

"어째서 날 기다리고 있었던 것이오?"

"당연한 걸 뭘 물어요."

"당연한 거?"

"하연 동생이 간곡하게 부탁했어요. 적 관주는 자기나 호검관의 제자들이 없을 때에는 사람이 완전히 변하니, 잘 좀 챙겨주라고요."

"……."

"그러니 앞으로 잘 부탁드려요."

할 말을 잃어버린 적천경에게 살짝 고개를 숙여 보인 황조경이 신무도장 쪽으로 걸어갔다. 그에게 자신의 합류를 확인시키기 위함이었다.

히힝! 히히히힝!

멍한 표정이 된 적천경을 향해 대완구가 다시 울부짖었다.

왠지 고소해 하는 표정이 완연하다.

5장

중원 사도(邪道)의 최후 거물!

무당산(武當山).

호북성 균현에 위치해 있는 팔백 리의 대산맥은 칠십이 봉과 삼십육 암, 이십사 간으로 구성되어 있으며 그 모양은 향로(香爐) 같고 사시사철 안개에 싸여 있다.

그중 천하 무림에 명성이 당당한 무당파 자소궁이 위치한 곳은 칠십이 봉 중 천주봉(天柱峰)으로, 일명 자소봉이라 불린다. 가장 높은 봉우리의 중턱에 수백 년 역사가 당당한 청정도량이 위치해 있는 것이다.

금마옥.

자소궁이 위치한 자소봉의 정상, 금전(金殿)의 바로 밑에 위치한 천혜의 비역.

수개월 전 파옥된 이곳의 중심에는 지금 한 명의 백발 노도사가 바닥에 쓰러져 있고, 반백의 머리를 한 장년인이 입구 쪽을 서늘한 시선으로 바라보고 있다.

천혜의 동혈.

금마옥이란 이름이 그냥 붙여진 게 아닌지라 곳곳에 음습한 귀기가 넘실거리고 있다. 정사대전이 끝난 후 족히 수백 명이 넘는 사마외도의 마두가 갇혀서 죽어 간 장소다운 모습이라 할 수 있겠다.

다만 실제 빛 한 점 스며들지 않는 절대 암흑의 금마옥 안은 현재 꽤나 환했다. 반백의 머리를 한 장년인으로부터 얼마 떨어지지 않은 장소에서 빛을 발하고 있는 한 자루의 보검이 원인이었다.

칠성보검(七星寶劍).

무당파의 장문신물로써 검갑과 검신, 검파 부분을 장식하고 있는 일곱 개의 보석은 하나하나가 무가지보(無價之寶)로 유명하다.

피독(避毒), 피화(避火), 피한(避寒), 피사(避邪) 피진(避震).

천하의 모든 화(禍)를 피할 수 있는 검신을 장식한 다섯 개의 보주.

금강석(金剛石).

검봉에 머물러 금석을 무 자르듯 만드는 진보(珍寶).

야광주(夜光珠).

검파의 끝을 장식한 스스로 빛을 발하는 구슬.

이 모든 것을 가지고 있기에 칠성보검은 무당파의 상징이
자 최고의 보물이라 할 수 있었다. 천하무쌍이란 말이 무색
하지 않은 것이다.

그럼에도 칠성보검은 호사가의 입방정으로부터 자유로웠
다. 여느 무림의 신병이기와 달리 세인들에게 거의 언급되
지 않았다.

— **남존무당!**

거진 천 년을 헤아리는 무림사 중 북숭소림과 유일하게
어깨를 나란히 하는 무당파의 상징으로써 천하인에게 인식
되어 온 까닭이었다.

그런데 어째서 이 절세의 보물이 사마외도와 마두들의 무
덤이라 불리는 금마옥의 내부를 밝히고 있는 것일까?

여기엔 사연이 있다.

바닥에 누워 있는 백발 노도사의 정체.

당금 무당파 장문인의 유일한 사형이자 대장로인 현허진인(玄虛眞人)이었다. 도가의 삼신(三神) 중 하나인 태상노군을 모시며 장문인을 대신해 칠성보검을 지키는 그가 금마옥의 파옥을 눈치채고 가장 먼저 달려왔다가 변을 당하고 만 것이다.

어쩔 수 없는 일이었다.

금마옥이 파옥될 당시 안에서 탈출을 감행한 마두의 숫자는 무려 육십오 인.

그중 몇 명은 현허진인과 동수를 이룰 정도의 고수였다.

중과부적(衆寡不敵)이었다.

하지만 그럼에도 현허진인은 칠성보검과 함께 결사 항전을 벌였다. 금마옥의 입구를 홀홀단신으로 막아 선 채 마두들의 탈출을 저지했다.

무당파의 최정예가 달려오기까지만 버티면 된다는 판단.

훌륭하게 들어맞는 듯했다.

전력을 다한 현허진인의 태극혜검(太極慧劍)과 칠성보검의 위력이 이 같은 기적을 가능케 했다.

한데, 바로 그때 현허진인은 평생 단 한 번도 경험하지 않았던 끔찍한 살기와 조우하였다.

금마옥의 심부, 절대적인 암흑만이 존재하던 곳에서 벼락처럼 날아든 치명적인 살기를 피할 수 없었다. 순간적으로 칠성보검으로 펼치던 태극혜검의 검기를 잃어버리고, 복부에 커다란 상처를 입은 채 의식을 잃어야만 했다. 결국 금마옥의 파옥을 막지 못하고 포로까지 되어 버린 것이다.

'무량수불! 적사멸왕(赤邪滅王) 사백령. 중원 사도의 최후 거물이라 불리우는 노괴물이 여태까지 살아 있었을 줄이야……'

현허진인이 석 달 전 벌어진 끔찍한 경험을 떠올리곤 노안을 가볍게 떨어보였다.

회상만으로도 소름이 끼친다.

진심으로 두려웠다.

오랜 수양으로도 지금 칠성보검 너머에 서 있는 반백 머리의 전대 노마두를 처음 접했을 때의 느낌만은 참기 힘들었다. 온기가 있는 사람에게선 결코 느낄 수 없는 살기의 덩어리와 조우한 것이나 다름없었기 때문이다.

그때 지난 석 달간 계속 현허진인을 포로로 삼은 채 금마옥에 남아 있던 사백령이 입가에 흐릿한 미소를 담았다.

"후후, 과연 썩어도 준치라는 건가? 아주 괜찮은 진세야. 하지만 내 생각에 현재의 무당은 이 정도 위력의 진세를 계속 유지할 만한 저력은 남아 있지 않을 터. 어리석은 말코 녀석아! 그만 본좌에게 항복하는 게 어떠하냐?"

"……"

"싫다고? 알량한 네놈의 자존심 때문에 무당파의 어린 말코 녀석들을 모두 죽여 버릴 작정인 것이냐? 내 장담하건 데, 내 수하들이 진세를 박살 낸 순간 무당파는 끝장이다. 어린 말코, 늙은 말코, 무공을 익힌 말코, 익히지 않은 말코 할 것 없이 모조리 한데 몰아서 구덩이 속에 파묻어 버릴 거 야."

극단적으로 살벌한 말과 달리 처음 봤을 때와 비교하면 현격하게 줄어든 살기다.

적어도 현허진인이 보기엔 그렇다.

하지만 그는 전날 사백령에게 일격을 당해 이미 단전이 위치한 기해혈(氣海穴)이 파괴된 상태였다. 그때보다 살기 가 줄어들었다 하나 지금 느끼는 고통의 크기는 더욱 컸다.

"크억!"

결국 현허진인의 굳게 닫혀 있던 입에서 핏덩이가 터져 나왔다. 언뜻 내장 부스러기까지 보인다. 잠시 잠깐 사이에 내상이 더욱 심해지고 만 것이다.

사백령의 미소가 조금 짙어졌다.

"이런! 핏물이 붉지 않나? 빨리 운기조식을 취하지 않으 면 일신의 내공을 몽땅 잃어버리겠는걸?"

"……허억! 허억!"

"아참! 그리고 보니 이미 말코 네 녀석은 기해혈이 파괴

되어 버렸으니, 운기조식을 취하긴 글렀군. 그럼 어찌할까? 본좌가 격공전력으로 내상을 가라앉게 도와줄 수도 있는데…….”

“되, 되었소!”

“왜?”

“어, 어찌 당당한 무당파의 대장로인 빈도가 금마옥에 갇힌 흉악한 마두의 도움을 받겠소이까? 전날 금마옥이 파옥되었을 때 몇 명이나 탈출했는지 모르겠으나 이미 본파의 대천강진세(大天罡陣勢)가 펼쳐진 이상 단 한 명도 자소봉을 떠나지 못할 것이외다!”

“대천강진세? 장삼봉(張三峰)이 만들었다는 그 망할 진세로 금마옥 뿐 아니라 자소봉 전체를 가뒀다는 뜻이냐?”

“그, 그렇소! 하니 이만 포기하는 게…….”

“씨부랄!”

사백령의 입에서 갑자기 쌍욕이 터져 나왔다. 고희(古稀)를 앞둔 현허진인보다 높은 배분과 백 세를 넘긴 나이조차 개의치 않았다.

그에 따라 급격히 증폭된 살기!

가뜩이나 피를 토한 후 기진해 있던 현허진인이 얼음으로 된 화살 다발을 얻어맞은 듯 두 눈을 부릅떴다.

미친 말과 같은 고통이 전신을 휘몰고 돌아다녔다.

"크아악!"

현허진인이 고통을 참다못해 허리를 크게 굴신해 보였다. 마치 용수철처럼 바닥에서 튀어올랐다.

더불어 당장이라도 죽음에 이를 듯한 헐떡거림의 폭발!

여태까지와 달리 간헐적이 아니라 한꺼번에 터져 나왔다. 너무나 지독한 고통에 의식조차 잃어버릴 수 없었다.

그러나 무심하기만한 사백령의 표정.

언제 쌍욕을 터뜨렸냐는 듯 그의 얼굴엔 일말의 감정도 드러나 있지 않다.

살기 역시 마찬가지다.

"흥! 본좌의 심살사령진기(心殺邪靈眞氣)는 죽음조차 지배한다! 조금이라도 편해지고 싶다면 한시라도 빨리 포기하는 편이 좋을 것이다."

"……."

현허진인이 눈을 감았다.

그럴 수밖에 없었다. 그 외엔 지금 그가 할 수 있는 일이 없었으니까.

그러자 입가에 명백한 비웃음을 매단 사백령이 천천히 살기를 거둬들였다. 심살사령진기를 풀고 여태까지의 죽음과 같은 고요 속으로 빠져든 것이다.

'대천강진세라고? 곽채산, 그놈이 제대로 일을 처리할지

모르겠군……'

곽채산.

한때 폭호검이란 무림명을 지녔던 삼류 무사의 이름이 이런 곳에서 다시 등장했다. 그가 속했던 오호문과 귀검추혼루의 분쟁으로부터 촉발된 정사대전 이후 무려 팔 년이란 세월이 지나서 말이다.

어찌 된 일인가?

조금 더 지켜봐야할 터였다.

*　　　*　　　*

디링! 디링!

우후죽순(雨後竹筍)이랄까?

자소궁의 이곳저곳에 솟구쳐 있는 고풍스러운 도관의 처마에 매달려 있던 풍경들이 한줄기 바람에 가벼운 소성을 울렸다. 산중을 떠돌던 바람 한 자락이 도관들 사이를 휘돌다가 풍경을 살짝 건드리고 떠나간 것이다.

그런데 이게 어찌 된 일인가!

풍경 소리를 뒤로하고 다시 하늘로 돌아가려던 바람은 또다시 왔던 곳으로 되돌아갔다. 풍경은 또다시 방금 전과 똑같은 울음을 토해 냈다.

기사(奇事)!

천하에 보기 드문 일이다.

이는 무당파의 개파조사(開派祖師)인 장삼봉 진인이 남긴 비전이라 알려진 대천강진세의 영향이었다. 대자연의 조화조차 구속할 수 있는 진세가 발동한 것이다. 무당파에 속한 제자들 중 일류 이상의 무공을 지닌 삼백 명이 동원되어서 말이다.

디링! 디링!

여전한 바람과 풍경 간의 조우.

자소궁보다 조금 아래에 위치한 태청궁(太淸宮)을 나서다 그 같은 광경을 접한 청려한 미모의 여도사가 입가에 가벼운 한숨을 매달았다.

"하아, 현허 대장로님께서 행방불명되시고, 대천강진세가 발동한 지도 벌써 석 달째인데, 어째서 신무 사형은 돌아오질 않는 거람? 그동안 지나치게 진력을 소모한 탓에 내력이 거의 전폐된 사형제와 사질들의 숫자가 이미 십여 명이 넘어가고 있는데……."

한숨을 토해 낸 여도사의 이름은 우인혜.

별호는 빼어난 미모답게 화선검(花仙劍)이다.

그녀는 본래 무당파의 일대제자인 신자 항렬로 빼어난 실력을 자랑하는 고수였으나 몇 년 전 중대한 실수를 범해 도적에서 제명되었다. 신려(神麗)라는 도명을 잃고, 자소궁을 떠나 인근의 외오궁을 돌며 무당파의 잡무나 처리하는 나날을 보내야만 했다.

상황은 이렇다.

한때 하북성(河北省)과 호북성(湖北省) 일대를 주름잡던 화화공자(花花公子) 위무경이란 비열한 채화음적(採花淫賊)이 있었다.

채화음적은 본래 무림공적인바.

우연찮게 위무경이 범한 악행을 접한 우인혜는 그를 거진 일 년간이나 뒤쫓은 끝에 참살할 수 있었다. 그에게 정절을 빼앗기고 채음보양(採陰補陽)을 당한 여인이 수십이었으니, 그녀의 결정은 지극히 당연한 일이라 할 수 있었다.

하지만 그 위무경이 인피면구(人皮面具)를 착용한 걸 몰랐던 게 화근이었다.

인피면구에 가려졌던 그의 정체는 사실 황제의 총애를 받던 공주의 부마도위(駙馬都尉)였다. 졸지에 무당파의 제자가 황제의 사위를 죽인 꼴이 된 것이다.

결국 무당파에서는 위무경의 죽음과 관련된 모든 사항을 불문에 붙였고, 신려란 우인혜의 도명 역시 지워 버렸다. 그게 무당파와 그녀 모두에게 최선이란 수뇌부의 판단이었다.

"……쳇! 어차피 인생 더럽게 꼬인 내가 그런 데까지 신경 쓸 필요는 없는 건가?"

이젠 더 이상 도사가 아닌 우인혜가 나직한 투덜거림과
함께 자소궁 쪽에서 시선을 거두고 다시 천천히 걸음을 옮
겼다.

손에 들린 건 묵직한 음식 바구니.

자소봉의 모든 요로에 흩어져 대천강진세를 펼치고 있는
사형제와 사질들의 점심인 소찬과 벽곡단이 잔뜩 담겨져 있
다. 가뜩이나 죽도록 내력과 체력을 소모하고 있는데, 배까
지 곯게 해선 곤란했다. 정말 맛없는 소찬과 벽곡단이나마
아쉽게 느껴질 정오가 거진 코앞이었다.

*   *   *

"으랴! 으랴!"

관도 위를 빠르게 내달리고 있는 마차의 어자석.

적천경과 신무도장이 마부 노릇을 자처한 채 마차를 조
종하고 있었다. 이 마차와 네 마리의 대완구들을 구입한 게
바로 황조경인 까닭이었다.

당연히 이는 그녀가 무당산까지 적천경과 강제로 동행하
기 위해 부린 수작이다. 자신의 경공으론 적천경과 신무도
장을 절대 따를 수 없을 테니까.

어쨌든 덕분에 세 사람의 무당행은 꽤나 편했다.

네 마리 대완구가 끄는 마차를 타고 어느새 무당산이 바로 코앞인 호북성의 균현에 도착했다. 강서성의 호검관을 떠난 지 고작 십여 일만에 말이다.

두두두두두!

어느새 멀리 보이기 시작한 거대한 산맥의 그림자.

적천경은 문득 옆자리에 앉아서 눈을 반개하고 있던 신무도장에게 말을 걸었다.

"도장, 눈앞에 보이는 것이 무당산이 아닙니까?"

신무도장이 비로소 눈을 떴다.

"무당산이 맞습니다. 적 관주님은 필경 무당산엔 초행일 텐데, 정말 잘도 길을 찾아오셨습니다."

"본래 초행길을 찾는 데는 좀 재능이 있습니다. 어린 시절, 중원의 이곳저곳을 떠돌아다닌 적이 있었으니까요."

"혹여 비무행(比武行)을 하신 것인지요?"

"비무행같이 거창한 것이 아니었습니다."

"하면?"

"집을 가출해 잠시 전장을 전전한 적이 있었지요."

"군문(軍門) 출신이셨군요? 국가를 지키는 것도 훌륭한 일이지요."

"단지 돈이 필요했을 뿐입니다."

"예?"

"집을 나온 후 꽤나 많이 굶주렸거든요. 당시 함께 가출했던 친구가 없었다면 분명 전장에 도착하기도 전에 굶어 죽었을 겁니다."

"……."

적천경의 담담한 고백에 신무도장이 천천히 고개만 끄덕여 보였다.

근자에만도 가뭄이 극심해 이재민 처리에 애를 먹고 있었다. 건장한 소년이 굶어 죽기 싫어서 전장에 뛰어드는 일은 일상다반사라 해도 과언이 아니었다.

그때 홀로 마차 안을 차지하고 앉아 무당산까지의 여행을 즐기고 있던 황조경이 퉁명스레 외쳤다.

"적 관주, 마차 좀 잘 몰아요! 엉덩이가 하도 들썩여서 두 배쯤 커진 것 같다고요!"

적천경의 입가에 흐릿한 미소가 번져 나왔다.

"황 소저, 본래 엉덩이가 그리 작지 않았던 거 아니오?"

"뭐라고요! 다시 말해 봐요!"

"사나이는 본래 두 번 얘기하지 않는 법이오."

"캬앗!"

마차 안쪽에서 터져 나온 포효에 적천경의 미소가 더욱

짙어졌다.

"하하, 황 소저, 내가 잠시 농을 부렸으니, 용서하시오."

"그게 용서를 바라는 자의 태도인가요? 제대로 사죄하세
요! 지금 당장!"

"알겠소."

"뭘 알겠다는 거예요?"

"지금 두 손 모으고 있소."

"헛소리!"

퉁명스러운 황조경의 말에 적천경이 아주 즐거운 표정이
되었다. 아내 소연정이 죽은 후 참 오랜만이다. 이리 마음껏
웃어 보는 것은 말이다.

그러자 두 사람의 대화를 곁에서 지켜보던 신무도장이 묘
한 표정이 되었다.

'적 관주는 황 소저와 정말 친한 것 같구나. 이리 허물없
는 사이란 그리 많지 않은 것을…….'

평생을 순수 총각으로 보낸 그다.

남녀 간의 관계에 대해 알고 있는 지식이란 극히 적다고
할 수 있다. 사실 거의 없다시피 했다.

그가 알고 있는 남녀 관계란 대부분 시장에 나도는 서책
같은 곳에서 본 게 다였다.

무당파에 여제자가 아주 없는 건 아니나 엄격한 규율로

인해 남녀 간의 사사로운 감정 같은 건 나눌 수 없었다. 그러니 지금 두 사람의 기묘할 만큼 허물없는 관계를 주의 깊게 지켜보게 되는 것도 무리는 아닐 터였다.

한데, 그렇게 마차는 관도 위를 달리고, 두 남녀는 떠들고, 한 명의 도장은 고심 속에 잠겨들고 있을 무렵이었다.

갑자기 관도 위에 장애물이 등장했다.

한 떼의 사람들.

난민인지 피난민인지 분간이 안가는 행색을 한 사람들은 관도 위를 점거한 채 터벅거리며 걷고 있었다.

사내들은 달구지를 끌고, 여인네는 머리에 큼지막한 보자기를 이고 아이들을 업고 매단 채다. 적어도 수천 명은 족히 넘어 보이는 대행렬이었다.

그들의 행색을 섬전 같은 눈으로 살피던 신무도장의 안색이 가볍게 흐려졌다.

"무량수불! 대천강진세의 영향으로 난민들이 갈 곳을 잃어버린 것이 아닌가!"

'이 엄청난 난민의 행렬이 무당파의 대천강진세 때문에 벌어진 일이란 말인가?'

적천경이 언제 황조경과 농담을 나눴냐는 듯 입가의 미소를 지웠다.

그러자 그의 시선을 접한 신무도장이 가벼운 한탄과 함께 설명했다.

"하아! 앞서 적 관주께 설명했다시피 현재 무당산의 주변 마을에는 각지에서 수많은 난민들이 모여든 상태입니다. 평소 같으면 본파에서 사람을 보내서 난민들을 구휼했을 것이나 금마옥의 파옥으로 모든 지원이 중단된 것 같습니다."

"대천강진세 때문입니까?"

"그렇습니다. 대천강진세는 본래 본파 최고의 비기. 무려 삼백 명이나 되는 본파의 제자들이 동원된 만큼 현재 자소봉 일대는 그야말로 철옹성이나 다름없을 것입니다. 그래서 아마도 무당산 자락에 위치한 마을에 모여들었던 난민들이 밖으로 내몰리게 된 것 같고요."

"토착민과 난민 사이에 갈등이 벌어졌다는 뜻이로군요?"

"확실치는 않지만 저들의 행색으로 볼 때 난민의 무리임에는 분명한 듯싶습니다."

"그렇군요."

적천경이 신무도장에게 미미하게 고개를 끄덕여 보였다. 그가 어째서 무당행을 줄곧 서둘렀는지 이제야 알 수 있을 것 같았다.

'멀리 보이는 무당산의 그림자만 봐도 그 크기가 짐작이 간다. 그중 제일봉인 자소봉 전체를 단지 삼백 명만으로 완전히 봉쇄하다니, 과연 무당파의 저력은 대단하구나.'

그때였다.

슉!

난민들의 행렬을 참담하게 지켜보던 신무도장이 일순 어자석을 박차고 마차에서 뛰어내렸다. 표홀한 유운신법으로 난민들의 행렬 속으로 뛰어든 것이다.

"무량수불! 빈도는 무당파의 제자인 신무라 합니다! 잠시만 빈도를 주목해 주시기 바랍니다!"

"……."

순간, 조용해진 관도.

잠시뿐이었다.

곧 관도가 폭발적일 만큼 소란스러워졌다.

완전히 지쳐버린 표정으로 정처 없이 이동하던 난민들이 느닷없는 신무도장의 등장에 놀라 마구 떠들어 댔다. 무당파의 제자라는 그의 말에 대한 반응이 매우 격렬하게 여기저기서 터져 나왔다.

"무당파의 선인(仙人)이시다! 선인께서 강림하셨어!"

"선인은 무슨! 무당파의 도사님이시니, 진인이라고 하는 게 마땅하다구!"

"무당파의 진인이 강림했다구? 진인이?"

"진인님, 우릴 구해 주십시오! 우릴 구해 주세요!"

"진인님, 먹을 것이 없습니다! 부디 자비를 베풀어 먹을 것을 주세요!"

"그래요! 애가 굶고 있어요! 조금이라도 식량을 나눠 주
세요!"

신무도장의 예상을 월등히 뛰어넘는 반응이었다.

소란이었다.

난장판이 벌어졌다. 위험하기까지 했다.

'이, 이런……'

신무도장의 얼굴에 낭패한 기색이 어렸다.

심한 굶주림과 절망에 이성을 잃은 자가 족히 수천이 넘
었다. 그런 자들이 한꺼번에 몰려들자 신무도장으로서도 일
시 감당이 안 되었다.

대형 참사가 벌어질 수도 있는 상황!

반면 신무도장과 달리 여전히 어자석에 자리하고 있던 적
천경은 냉정을 유지하고 있었다.

눈앞의 광기?

결코 전장을 뛰어넘지 못한다.

그런 곳에서 적천경은 소년 시절의 전부를 보냈었다.

틱!

순간 적천경의 엄지손가락이 허리춤에 매달린 멸천뇌운
검의 검갑을 가볍게 퉁겨냈다.

탄(彈).

손가락을 따라 일어난 한 가닥 진기가 퉁겨지니, 일순 광기에 젖은 난민들을 향해 벽력같은 굉음이 울려 퍼졌다.

파(破).

물론 그것만으로 끝일 리 없다.

적천경의 손가락이 다시 연속적으로 검갑을 두드렸고, 벽력같은 굉음은 곧 날카롭고 삐죽삐죽하게 변했다. 화살과 같은 음파가 되어 사위로 날아갔다. 퍼져 나갔다. 거진 신무도장의 코앞까지 이른 난민들을 순식간에 휩쓸어 버렸다.

광기?

흔적조차 없이 사그라뜨려 버렸다.

"시끄럽잖아!"

마차의 문을 열고 밖으로 나선 황조경이 적천경을 올려다보며 눈살을 찡그려 보였다.

처음부터 마차의 창문으로 다 지켜봤다. 신무도장이 어떻게 난처한 상황에 처했고, 시의적절하게 적천경이 음공(吸功)으로 난민들을 제압했는지 말이다.

그녀는 적천경을 향해 고개를 잘래잘래 저어 보였다.

신무도장은 둘째치고 적천경의 방식 역시 단기처방에 불과했다. 결코 좋은 점수를 줄 수 없었다.

'하아! 이런 바보들! 굶주린 난민들을 겁 줘서 뭘 어쩌겠

다는 거람?'

내심 한숨을 토해 낸 황조경이 품속에서 작은 원통을 끄집어냈다.

천리화통(千里火筒)!

그녀가 속한 황금귀상련에서도 당주급 이상의 고위직만 지닐 수 있는 최고급 연락 수단이다. 하늘로 화전을 쏘아 올리면 봉화와 같이 수십 리 바깥에서도 확인이 가능하기 때문이다.

적천경이 놀라 말했다.

"황 소저, 그건 천리화통이 아니오?"

"맞아요."

짧게 대답한 황조경이 곧바로 천리화통의 화전을 하늘로 쏘아 올렸다.

펑!

그리고 신무도장을 떠나 확실하게 자신 쪽에 시선을 모은 난민들을 향해 말했다.

"곧 구휼미가 올 거예요. 거기 계신 무당파의 신무도장께서 모두에게 공평하게 배급하실 테니, 얌전히 계세요."

"그, 그게 사실입니까?"

"물론이에요. 단! 아까처럼 질서 없는 행동은 용서할 수 없으니, 모두 신무도장의 명에 따라주세요."

명쾌한 정리다.

그렇게 순식간에 눈앞의 아수라장을 정리한 황조경이 신무도장에게 몇 마디 말을 남기곤 총총히 마차로 돌아왔다.

*　　　*　　　*

황조경의 말대로였다.

그녀가 쏘아올린 천리화통의 화전을 보고 황금귀상련의 균현 지부에서 곧 수백 섬의 구휼미가 도착했다.

족히 수십 대가 넘는 수레와 십여 명의 호위 무사들.

그들 대부분은 신무도장의 명령에 따라 일사불란하게 난민들에 대한 배급에 나섰다. 무당파의 영향력이 절대적인 균현 지부답게 거진 무당파의 속가 제자 출신인 까닭이었다.

'무당파도 정말 곤란하게 되었구나! 가뭄으로 인해 몰려든 난민을 수용하고 구휼하는 것만도 정신없을 터인데, 금마옥까지 파옥되어 버렸으니…….'

어자석에 앉아 무당산의 거대한 그림자를 살피는 적천경의 옆에 황조경이 털썩 주저앉았다.

"적 관주, 뭘 그리 골똘히 생각하는 거예요?"

"황 소저……."

상념에서 벗어나 황조경을 바라본 적천경이 입가에 흐릿한 미소를 담았다.

"……정말 대단하시오."

"뭐가 대단하단 거죠?"

"저 많은 사람들을 구해 주지 않았소?"

"하하!"

짤막하게 웃어 보인 황조경이 눈매를 살짝 가늘게 만들었다.

"적 관주가 착각한 거예요."

"착각?"

"저 구휼미는 황금귀상련이 아니라 무당파에서 난민들에게 전달하는 거예요. 전혀 제가 대단할 일은 없어요."

"잘 이해가 되지 않소만?"

"간단해요. 이번에 황금귀상련이 내놓은 구휼미와 재보는 무당파와 정천맹에 대한 뇌물이에요. 그곳의 체면치레하기 좋아하는 정파 고수들의 낯을 세워주고 이권을 챙기기 위한. 실망했나요?"

"……."

적천경이 대답 대신 미미하게 고개를 저어보였다. 그동안의 경험으로 황조경의 따뜻한 마음은 익히 알고 있었다. 이런 식의 계산적인 태도는 오히려 귀엽기까지 했다.

그때 마차 쪽으로 황금귀상련의 균현 지부장 소면검객(笑面劍客) 이정이 다가왔다.

"부련주님, 상의드릴 일이 있습니다."

"말씀하세요."

"저기 갑(甲)급입니다만?"

"갑급이요?"

"예."

황금귀상련의 정보 체계는 갑을병정(甲乙丙丁)의 사단계로 되어 있다. 그중 갑급이라면 최상에 속하는 만큼 외인 앞에서 공개할 수 있을 리 만무하다.

'설마 아버님이 따로 연락이라도 한 걸까?'

내심 눈살을 찌푸려 보인 황조경이 적천경에게 양해를 구하고 어자석에서 일어섰다.

적천경의 눈에 이채가 어렸다.

황조경이 이정과 함께 떠나자마자 신무도장이 다가왔다. 음모의 냄새가 느껴진다.

"적 관주님, 아무래도 마차로 움직이는 건 여기까지인 것 같습니다."

"이들 외에도 난민이 더 있는 겁니까?"

"난민도 난민이지만 본파의 대천강진세의 영향으로 인해 무당산 인근 마을의 토착민마저 피난길에 오른 것 같습니다."

"진세의 영향이 그렇게 대단하단 말입니까?"

"그런 것 같습니다."

자신 없는 대답과 함께 신무도장이 한숨을 입가에 매달았다.

"하아, 사실 빈도 역시 잘 모르겠습니다. 본파의 역사 이래 이렇게 오랫동안 대천강진세를 펼친 적이 없었으니 말입니다."

"알겠습니다. 여기서부터 경공을 펼쳐서 자소봉까지 가도록 하지요."

"빈도가 앞장서겠습니다. 아! 그런데 황 소저는 어찌하시려는지⋯⋯."

"황 소저는 무림인이 아니지 않습니까?"

"그렇지요."

이심전심(以心傳心)이다.

순식간에 서로의 마음을 나눈 적천경과 신무도장이 극도로 은밀하게 자리를 떠서 무당산으로 향했다. 황조경의 안전을 위해 그녀를 뒤에 남겨 놓기로 결정한 것이다.

*　　*　　*

소면검객 이정의 보고를 받고 마차로 돌아온 황조경의 안색이 딱딱하게 굳었다.

텅 빈 어자석.

마차의 어디에도 적천경의 모습은 보이지 않았다.

'설마……'

황조경이 재빨리 신무도장을 찾았다. 무당산이 초행인 적천경이 안내자라 할 수 있는 그를 놔둔 채 혼자 떠나진 않았으리란 판단이었다.

과연 그녀의 예상대로였다.

한참을 뒤져봐도 신무도장은 보이지 않았다. 황조경만 남겨 둔 채 두 사람은 이미 무당산으로 출발해 버린 것이다.

"뿌득!"

황조경은 이를 갈았다.

그들이 어떤 생각을 한 건지는 대충 짐작이 간다. 떠올리는 것만으로 기분이 더러워지는 남녀차별적인 발언 역시 오고갔을 터였다.

상계에 처음 발을 내디뎠을 때도 그랬다.

여자라는 이유만으로 능력을 인정받지 못했고, 배려라는 미명하의 따돌림을 당했다.

아니다. 지금 그녀의 가슴을 촉촉이 적시고 있는 안타까움은 그런 종류가 아니다.

황금왕 황대구!

적천경을 이번 무당행에 끌어들인 부친의 흉중이 아직 파악되지 않고 있었다. 불길했다. 만약 의심하고 있는 상황이 맞다면 그녀가 적천경을 위해 할 수 있는 일은 하나도 없을 터였기 때문이다.

결국 어린 소녀처럼 발을 동동거린 그녀가 무당산을 향해 버럭 소리 질렀다.

"적천경! 이 망할 인간아! 그렇게까지 날 떨어뜨리고 싶었던 거야? 그런 거야? 하지만 이리 됐다고 내가 포기할 거라 생각했다면 그거야말로 오산이야!"

"……."

황조경의 살기 어린 다짐에 그녀 주변에서 뛰어다니던 아이 몇이 놀란 표정이 되었다.

평생 본 적이 없을 듯한 미녀.

배급받은 쌀로 급하게 만들어진 죽으로 배를 채우고 원기를 찾은 아이들의 호기심을 자극하기엔 충분하다.

아니, 넘친다.

특히 소년들에게 그러했다.

"헤에? 포기하지 않겠대! 절대 포기하지 않겠대!"

"선녀처럼 예쁜 누나인데, 누가 빚이라도 떼어먹고 달아 났나 봐!"

"빚은 무슨! 저 누나는 지금 사랑에 빠진 거야!"

마지막 말은 개중에 머리깨나 굵은 녀석의 의견이었다. 놈은 잘은 모르지만, 뭔가 복잡한 남녀 관계의 냄새를 맡았 다.

"사랑? 그게 뭔데?"

"사랑에 빠지면 저렇게 이를 갈면서 화를 내는 거야?"

"흠, 그건 말이다……."

뭐라 다시 아이들에게 설명하려던 녀석이 갑자기 말을 멈 추고 머리통을 부여잡았다. 자신을 훔쳐보며 떠드는 소리를 들은 황조경이 냉큼 달려와서 머리를 쥐어박은 것이다.

"요 맹랑한 꼬맹이 놈! 대갈빡에 피도 안 마른 놈이 뭘 안 다고 지껄여대!"

"우이쒸! 모르긴 내가 뭘 몰라요! 누나는 마차 위에 앉아 있던 그 멋지게 생긴 아저씨를……."

"또 맞을래?"

황조경의 협박에 머리를 얻어맞은 녀석이 얼른 입을 다물 었다.

방금 전 얻어맞은 자리에 어느새 혹이 볼록 튀어나왔다.

아픈 건 둘째치고 자신을 존경스레 바라보는 꼬맹이들 앞에서 체면이 말이 아니다. 여기서 다시 황조경에게 얻어맞는다면 앞으로 위신을 세우기가 결코 쉽지 않을 터였다.

'게다가 어르신들이 말씀하시길 본래 대장부는 아녀자와 소인배와는 다투지 않는다고 했다! 나는 대장부이니, 사랑하는 남자한테 버림받아 눈이 돌아간 누나와는 다투지 않는 게 옳단 말씀이야!'

황조경이 고뇌에 찬 이 같은 결정을 알 턱이 없다.

그저 밉살스레 주둥이를 놀리던 녀석이 자신의 협박에 얼른 입을 닫자 입가에 나직한 코웃음을 달았다.

"흥, 꼬맹이란 당연히 그리해야지."

'쳇, 나는 대장부야! 대장부라고!'

황조경이 꼬맹이들을 뒤로하고 다시 소면검객 이정에게 다가갔다. 적천경의 뒤를 쫓기 위해 필요한 물품과 무당산 일대의 지형도를 얻기 위함이었다.

6장

생사일여(生死一如),
삶과 죽음은 본시 하나일지니……

지난 칠 년.

사부에게 배웠던 진경에 오른 검로, 그 완벽한 호흡을 잃어버린 세월 동안 적천경은 깊은 방황을 해야만 했다.

삶의 방황이 아니다.

주화입마.

어쩌면 심마일지도 모를 '어떤 것'으로 인해 잃어버린 검기를 되찾기 위한 방황이었다. 아내와의 기적적인 만남으로 죽음을 향해 달려가던 무력감에서 벗어나긴 했으나 더 이상 예전으론 돌아갈 수 없었다.

둔해진 감각.

예리함을 잃어버린 검기.

마치 녹이 슨 철검으로 변한 멸천뇌운검과 다름없다. 그런 꼴이 되어 버렸다.

그래서 독창할 수밖에 없었던 몇 가지 무공.

그중 분뢰보는 제법 쓸 만했다. 예전과 같이 자연스럽고 완벽한 움직임을 인위적이나마 비슷하게 흉내 내어 만든 보신경이었기 때문이다.

스슥! 스스슥!

적천경은 그 분뢰보를 이용해 신무도장과 나란히 달렸다. 무당파의 유운신법에도 결코 속도가 뒤떨어지지 않는다.

그렇게 반 시진이 지나갔다.

순식간에 거의 백여 리나 되는 산길을 주파한 두 사람은 어느새 자소봉으로 오르는 좁은 소로를 눈앞에 뒀다. 만약 계속 마차를 타고 왔다면 이렇게 빨리 이곳에 이를 수는 없었을 것이다.

그때 자소봉의 중턱에 머물러 있던 구름이 묘한 회오리 모양을 형성했다.

마치 용오름과 같다.

그 같이 굉장한 광경이었다.

문득 걸음을 멈춘 적천경이 나직이 탄성을 터뜨렸다.

"도장, 대천강진세의 위력은 과연 대단하군요. 이토록 맑고 거대한 산의 기운조차 봉인시킬 수 있을 정도라니!"

신무도장 역시 자소봉 중턱에서 벌어지고 있는 구름의 이상 현상을 목격했다. 놀라움은 그 역시 적천경 못지않았다. 칠성검수와 함께 자소궁을 떠날 때는 상상조차 하지 못했던 변화였기 때문이다.

"무량수불! 자소봉은 본시 구름이 제멋대로 노는 곳. 천룡이라 해도 구름의 운행을 저리 만들 수는 없을 터인데…… 적 관주님, 빈도와 함께 곧바로 해검지(解劍地)로 가야할 것 같습니다."

"해검지가 진세의 시작인 겁니까?"

"그렇습니다. 또한 무당 자소궁으로 향하는 첫 번째 관문이기도 하지요."

"……"

적천경이 묵묵히 고개를 끄덕이자 신무도장이 앞장섰다.

삼 개월 만의 복귀다.

이제 실종된 대장로 태극선검 현허진인을 대신해 대천강 진세의 핵이라 할 수 있는 천원(天元)을 채울 사람이 왔다. 더 이상 시간을 지체할 이유는 없었다.

해검지.

장삼봉 조사 이래 무수히 많은 천하제일검을 배출한 무당파의 상징과도 같은 장소다.

자소봉의 초입에 위치한 이곳에 도착한 무림인은 말에서 내리고, 자신의 검을 무당 도사에게 맡겼다. 그런 식으로 무당파에 대한 존경과 존중심을 표시해야만 했다.

한데, 어찌 된 일인가!

적천경과 신무도장이 도착한 해검지 주변은 황량한 바람만이 머물러 있었다. 평소 진무각에서 나온 십여 명의 제자가 돌아가며 번을 서던 이곳은 지금 크게 더럽혀져 청소조차 되어 있지 않았다.

신무도장이 해검관으로 향하며 미간을 찡그려 보였다.

'으음, 아무리 대천강진세로 인해 사람들의 발길이 끊겼다곤 하나 어찌 무당의 얼굴이라 할 수 있는 해검지의 관리가 이리 되었더란 말인가!'

적천경의 관심은 다른 쪽을 향했다.

'이건 고기 굽는 냄새인가? 게다가 술주정도 섞여 있는 것 같고…….'

확실히 그렇다.

그보다 조금 늦게 해검관 쪽의 상황을 파악한 신무도장의 표정이 당혹스러움을 담았다.

해검관은 해검지의 중심이다.

무당파를 찾은 각처의 영웅호걸이 임시로 자신의 애병과 말을 맡기는 장소였기 때문이다.

한데, 그런 곳에서 술주정 소리가 들리고, 고기 굽는 냄새가 진동하다니!

절대 무당파 해검지에선 있을 수 없는 일이었다.

결코 용납될 수 없는 일이었다.

"무! 량! 수! 불!"

신무도장이 해검관을 향해 노호에 가까운 도호성을 터뜨렸다. 불문의 사자후(獅子吼)에 필적하는 웅혼한 일성대갈이다. 심부 깊숙한 곳에서 치밀어 오른 분노가 그런 일을 가능케 했다.

후다닥!

그러자 해검관 안에서 한 명의 중년 도사가 뛰어나왔다.

손에 들린 건 한 권의 도덕경과 먼지를 터는데 쓰는 불진. 발걸음이 둔한 게 무공과는 한참이나 거리가 멀어 보인다.

"구손!"

구손이라 불린 중년 도사의 표정이 환해졌다.

"시, 신무 사형!"

"어찌 학도(學道)인 네가 해검지를 지키고 있는 것이냐? 설마 혼자서 있었던 건 아닐 테지?"

학도는 무공을 수련하지 않고 도덕경(道德經)을 비롯한 도가 경전 공부에 매진하는 수행자를 뜻한다.

무당파 역시 도문이니 학도가 상당수 있었다.

눈앞의 구손은 그 학도의 우두머리로서 일대제자인 신자 항렬과 동배이나 무공은 전혀 익히지 않았다. 결코 해검지 같은 곳을 지키는 일을 맡을 만한 존재가 아니란 뜻이다.

그러나 구손의 표정은 태연하다.

"사실 소제 혼자뿐입니다. 요사이 자소궁에서는 대천강 진세를 유지하느라 다들 바빠서요."

"허어! 그렇다고 무공조차 익히지 않은 자네를 해검지로 보냈단 말인가?"

"저 역시 무당의 제자이니, 이런 비상시기에 미력한 힘 이나마 보태야하지 않겠습니까? 한데, 곁에 계신 도우께서 는 뉘신지요?"

"아! 이분은……."

"호검관의 적천경입니다."

적천경이 얼른 포권해 보이자 구손이 역시 반례해 보였 다.

"적 도우를 뵙습니다. 빈도는 무당파의 구손이라 합니 다."

"구손도장을 뵙습니다."

"어찌 빈도 같은 사람한테 도장이라 하십니까? 절대로 그래선 안 될 일입니다!"

"저는 신무도장께도 도장이라 합니다."

"어찌 빈도가 신무 사형과 같은 취급을 받을 수 있겠습니까? 그런 일은 결코……."

"호칭 따위에 신경을 쓰실 분은 아닌 것 같습니다만?"

"……."

적천경의 반문에 구손이 입을 다물었다. 표정 역시 묘해졌다.

잠시뿐이었다.

곧 평상시와 다름없이 태연한 표정이 된 그가 화제를 바꿨다.

"적 도우, 요기는 하셨는지요?"

"바삐 오느라 아직 식전입니다."

"그건 참 잘되었습니다! 마침 천하 각처에서 본파를 돕기 위해 달려오신 도우님들께 식사를 대접하고 있던 참이었으니, 적 도우께서도 함께 하시지요."

신무도장이 대경한 표정으로 끼어들었다.

"구손, 설마 해검관에 사람을 들인 게 자네였는가?"

구손이 고개를 끄덕여 보였다.

"예, 제가 도우님들을 해검관에 모셨습니다. 십여 일 전

쯤부터 고맙게도 본파를 돕겠다고 이곳에 모이셨지요."

"그, 그럼 안에서 나고 있는 고기 냄새와 술주정 소리는……."

"몇 명의 도우님께서 고기와 술을 지참하셔서 제가 요리해 대접해 드렸습니다. 덕분에 분위기가 아주 좋아졌지요."

"그 무슨 말도 안 되는 짓을!"

"아!"

구손이 뭐라 제지하기도 전에 신무도장이 노기등등하여 해검관으로 뛰어들었다.

'신무도장, 생각보다 성깔이 대단한걸?'

적천경이 맹렬하게 해검관을 뒤엎어버린 신무도장을 곁눈질하며 내심 고개를 저어보였다.

어떻게 소문을 듣고 왔는지는 모른다.

아마 무당산 자소봉 일대에 펼쳐진 대천강진세로 인해 벌어진 이변에 호기심과 공명심이 동했으리라.

어쩌면 기연 같은 걸 잡고 싶었는지도 모른다.

그 같은 마음으로 모여든 삼류 무림인들을 쫓아내는 신무도장의 모습은 그야말로 호랑이나 다름없었다. 무림에 명성 드높은 신검무쌍의 면모를 아주 확실하게 보여줬다.

반면 구손의 태도는 그야말로 기이했다.

그는 아쉬운 표정으로 쫓겨 가는 삼류 무림인들을 한 명 한 명 배웅했다. 그들을 더 이상 접대하지 못하게 되어 진심으로 안타까워 보였다.

'과연 무당파는 무당파란 건가?'

내심 구손을 눈여겨 본 적천경이 미미하게 고개를 끄덕여 보였다.

무공을 모르는 학도라고?

피식하고 웃음이 흘러나온다.

그때 삼류 무림인들의 배웅을 끝마친 구손이 신무도장과 함께 적천경에게 돌아왔다.

여전히 안색이 벌건 신무도장.

태연자약하다 못해 천진해 보이기까지 한 구손.

두 사람의 묘한 대비에 적천경이 저도 모르게 미소를 입가에 매달았다.

"두 분 도장, 고생하셨습니다."

신무도장이 겸연쩍은 표정이 되었다.

"부끄러울 뿐입니다."

구손은 한숨을 내쉰다.

"하아, 적 도우, 송구스럽게도 대접할 음식이 거의 남지 않았습니다. 벽곡단과 소채가 조금 남았는데, 그거로라도 요기를 하시겠습니까?"

"구손, 도문에서 벽곡단과 소채면 훌륭한 만찬일세!"

"신무 사형의 말씀이 옳습니다. 저희 같은 수행자에게
는."

"설마 내가 고기와 술을 버린 걸 책망하는 건가?"

"어찌 신무 사형을 제가 책망할 수 있겠습니까? 다만 근
래 무당산의 주변 마을에 가뭄을 피해 몰려온 난민들이 생
각났을 뿐입니다."

"그건……."

잔뜩 화가 나 있던 신무도장의 말문이 막혔다.

가뭄과 난민.

청정 도량인 무당파가 더럽혀졌다는 것에 화가 나서 거
기까진 생각이 미치지 못했다.

적천경이 얼른 끼어들었다.

"이미 난민들에겐 무당파의 이름으로 구휼미가 전달되
어지고 있으니, 너무 걱정하지 마십시오. 한데, 다른 무림
인들은 어떻게 되었는지 물어도 되겠습니까?"

"다른 무림인?"

신무도장이 의혹 어린 표정이 되어 바라보자 구손이 미
미하게 고개를 끄덕여 보였다.

"과연 신무 사형이 모셔 오신 분답습니다. 적 도우께서

생각하신 대로일 것입니다."

"하면 그들은 지금쯤 대천강진세에 갇혀서 고난에 빠져 있겠군요?"

"본파의 대천강진세는 칠성과 팔괘(八卦)를 자소봉의 지형지물과 함께 조화시켜 만든 대자연진입니다. 제대로 된 파훼법을 모른 채 뛰어든다는 건 섶을 짊어지고 불 속에 뛰어드는 것이나 다름없는 일이지요."

"그래서 도장께서는 무공이 떨어지는 사람들에게 술을 먹이고, 고기를 구워줘서 이곳에 붙잡아 뒀던 것이로군요?"

"적 도우께서 빈도를 지나치게 높게 보시는군요."

"과연 그럴까요?"

"허허!"

부드럽고 신비로운 미소와 함께 구손이 신무도장에게 말했다.

"신무 사형, 제가 앞장서겠습니다."

"대천강진세의 파훼법은 나도 알고 있네."

"십여 일 전 순천(順天)이 역천(逆天)으로 바뀌었습니다. 대진의 핵인 천원이 오랫동안 비워진 탓에 살(殺)의 기운을 띄기 시작했으니 신무 사형이 알고 있던 파훼법은 이미 무용한 것이 되어 버렸습니다."

"그, 그게 무슨⋯⋯."

"그냥 따르시지요."

"⋯⋯아, 알겠네."

언제 화를 있는 대로 냈냐는 듯 신무도장이 고개를 주억거렸고, 적천경의 입가에 깃든 미소는 더욱 진해졌다.

*　　　*　　　*

'응?'

어느새 정오를 훌쩍 넘긴 시각.

화선검 우인혜가 평상시처럼 대천강진세가 펼쳐진 요로를 중간쯤 돌았을 무렵이었다. 적당할 만큼 가벼워진 음식 바구니가 들려져 있는 그녀의 반대 손에 문득 힘이 깃들었다.

눈빛 역시 달라졌다.

청명한 가을 하늘같이 시원한 정광이 은은하게 감돈다.

태을기공(太乙氣功)!

무당파의 삼대 내공심법 중 하나의 발현이다. 자연스럽게 단전에서 발동하여 기경팔맥(奇經八脈)을 휘돌기 시작했다.

더불어 이뤄진 발검.

도적에서 제명된 이후, 회수당한 태극진검을 대신한 백련정강된 청강검이 차가운 검기를 뿌려냈다.

양의진무검(兩儀振武劍)!

그중에서도 오대 절초 중 하나가 차가운 광휘를 뿌려냈다. 단숨에 우인혜의 전신을 휘어 감더니, 사위로 검기를 발산했다. 과거 무당십검과도 자웅을 겨룬 적이 있던 실력을 마음껏 발휘했다.

그러자 갑자기 우인혜의 머리 위로 떨어져 내린 두 구의 시체!

기습?

그렇게 보기엔 평범하다.

그래도 때가 때이니 만치 우인혜가 슬쩍 둔부를 옆으로 비틀었다. 발끝으로부터 시작된 탄력을 몸 전체로 실어 보내기 위해 최소한의 공간을 확보키 위한 행동이었다.

휘릭.

이어 허리를 만월처럼 궁신해 보인 우인혜가 시위를 떠난 활이라도 된 것처럼 검과 하나가 되어 공중으로 뛰어올랐다.

제운종.

그중 비룡번신(飛龍飜身)의 수법.

그렇게 두 구의 시체를 피해냈다. 뛰어넘었다.

당연히 그것만으로 끝일 리 없다.

공중제비를 도는 와중에도 양의진무검의 검기를 완벽하게 유지한 우인혜가 수풀 속에서 불쑥 튀어나온 괴인을 덮쳐갔다. 단숨에 그의 상반신 전체를 검기로 휘감아갔다.

그러나 이게 어찌 된 일인가!

괴인은 우인혜가 순식간에 검과 하나가 되어 자신의 머리 바로 위에까지 도달했음에도 그다지 신경 쓰지 않았다.

전혀 관심이 없어 보인다.

찰나 간 우인혜의 시선이 가벼운 흔들림을 보였다.

'천령개(天靈蓋)가 훤히 드러나 보인다! 금마옥을 탈출한 마두라면 과연 이럴 수 있을까?'

천령개 혹은 천령혈이라 불리는 머리에 위치한 혈도는 사혈(死穴)이다. 무공을 일체 연마하지 않은 범부라 해도 간단한 일격만으로 사람의 생명을 끊을 수 있을 정도의 중혈이다.

당연히 우인혜로선 마음이 흔들리지 않을 수 없다.

이미 전날 젊은 혈기에 공주의 부마도위를 죽이는 대실수를 범해 인생이 완전히 꼬이지 않았던가.

찰나간의 갈등!

바로 그때, 마치 우인혜의 생각을 읽기라도 한 듯 괴인이 수장을 슬쩍 들어 올렸다.

딱 우인혜의 시야로부터 자신의 천령개를 가릴 정도.

'헛!'

그제야 우인혜가 갈등을 끝냈다.

휘릭.

그녀는 공중에서 다시 한차례 신형을 뒤집었다. 괴인의 천령개를 검으로 쪼개버리는 걸 포기하고, 뒤로 떨어져 내렸다.

배후를 점해 괴인을 제압하려는 심산.

그러나 이 역시 괴인은 허락하지 않았다.

슥.

우인혜가 바닥에 떨어져 내린 순간, 괴인 역시 신형을 돌려세웠다. 단숨에 그녀의 양의진무검이 만들어 낸 검기 속으로 침투해 들어왔다.

"악!"

우인혜가 비명과 함께 바닥에 주저앉았다. 괴인의 수장에서 일어난 기괴한 장력에 얻어맞고 의식을 잃어버린 것이다.

풀썩!

괴인.

얼마 전 금마옥을 파옥하고 나온 마두 중 한 명으로 별호는 천면귀마(千面鬼魔)다.

전성기 시절, 그는 한 걸음에 열 번이나 얼굴을 바꿀 수 있을 만큼 변장술의 달인이었다.

금마옥을 제일 먼저 탈출하고도 그동안 대천강진세에 갇혀서 자소봉 일대를 벗어날 수 없었으나 오늘은 운이 꽤 좋았다. 진세의 요로 중 한 곳에 숨어 있던 중 드디어 인피면구로 만들 만한 재료를 구한 까닭이었다.

"흐흐, 제법 예쁜 계집이지 않은가? 내가 한창 바쁜 때가 아니라면 죽여 버리기 전에 반드시 육보시를 했을 터인데 아쉽게 됐구나!"

천면귀마가 입맛을 다시며 우인혜를 바라봤다.

무방비 상태로 바닥에 쓰러져 있는 미모의 여도사.

시왕홍살장(屍王紅殺掌)에 제대로 얻어맞은 탓에 의식을 잃고 호흡만 거칠게 내쉬고 있다. 사내와는 전혀 다른 동그란 가슴선이 거칠게 들썩인다.

음심이 동하는 건 당연한 일!

하지만 여전히 이곳은 무당산 자소봉이었다.

지난 수개월 동안 수차례나 탈출을 감행했지만 실패만 맛봤다.

필시 상상조차 하기 힘든 절진이 발동했을 터!

방금 전만 해도 느닷없이 우인혜가 모습을 드러내 놀라

게 한 터에 계속 한 장소에 머물 수는 없었다. 적어도 육보시로 음심을 풀 시간 따윈 없었다. 그는 얼굴만 잘 바꾸는 게 아니라 강철 같은 정력을 자랑하는 사람이었기 때문이다.

"그러니 오늘 못 푼 육보시는 내세에 마저 하도록 하자구! 예쁜 계집아!"

"……."

대답없는 우인혜를 향해 천면귀마의 수장이 향했다.

장심(掌心).

흡사 거미줄처럼 붉은 선이 생겨나더니, 홍점을 이룬 채 수장의 한복판에 집결한다.

번뜩!

더불어 우인혜를 향해 홍점이 폭발하려할 때였다.

퍼득!

갑자기 시왕홍살장의 시독이 응집되었던 천면귀마의 팔이 피분수와 함께 바닥에 떨어져 내렸다. 마치 처음부터 그리될 예정이었던 것처럼 말이다.

"크악!"

천면귀마의 입에서 뒤늦게 비명이 터져 나왔다.

그러나 다시 그의 목을 노리며 청명하고 푸른 검기가 날아들었을 때였다.

스슥!

언제 한 팔을 잃고 비명을 질렀냐는 듯 이미 천면귀마는
뒤로 신형을 날리고 있었다.

애초에 비명 자체가 속임수였다.

치명상을 입은 것처럼 꾸민 후 그는 퇴로를 확보했다. 자
신이 여전히 무당파의 절진에 갇혀 있는 이상 암습자를 상
대로 승산이 전혀 없음을 알고 있었던 것이다.

당연히 그것만으로 끝일 리 없다.

슈아악!

천면귀마의 소매 속에서 붉은색 가루가 사방으로 흩뿌려
졌다.

약간만 마셔도 생명이 위독한 극독이다.

암습자의 추격을 확실하게 따돌리는 수법을 그는 알고
있었다.

"컥!"

"크억!"

과연 대천강진세 속에 몸을 숨긴 채 천면귀마에게 검기
를 날린 무당 제자들에게서 답답한 신음이 터져 나왔다. 가
장 가까이 다가왔던 자들 중 일부가 중독되어 버린 것이다.

*　　　*　　　*

'정말 절진이 펼쳐진 게 맞는 건가…….'

구손의 뒤를 쫓아 자소궁으로 향하는 돌길을 따라 걸으며 적천경은 내심 고개를 갸웃거렸다.

정오를 살짝 넘긴 시각.

머리 위에서는 따가운 햇살이 떨어져 내리고 있었고, 초록과 생명력이 가득한 주변에는 살랑거리는 청풍이 넘실거렸다. 어딜 봐도 무당파의 전력이 몽땅 투입된 절진 안에 들어섰다곤 생각되지 않는 광경이었다.

힐끔.

곁을 묵묵히 따르고 있는 신무도장을 보자 의혹은 더욱 깊어졌다. 그 역시 당혹감이 완연한 표정을 숨기지 못하고 있었기 때문이다.

결국 신무도장이 참지 못하고 입을 열었다.

"구손, 대천강진세가 어쩌다 이리 변한 것인가?"

앞서 걸음을 옮기던 구손이 뒤를 돌아봤다. 여전히 특별한 표정의 변화는 보이지 않는다.

"어찌 대천강진세가 변할 수 있겠습니까? 신무 사형이 떠날 때와 진세는 변한 것이 없습니다."

"진세가 변하지 않았다고? 하지만……."

"만약 변한 것이 있다면 무당 제자들의 마음일 것입니

다."

"……마음이 변했다?"

"그렇습니다. 앞서 말했다시피 대천강진세의 핵인 천원이 오랫동안 비워진 탓에 살의 기운이 강해졌습니다. 그래서 꽤나 많은 제자들이 상처를 감수해야만 했지요. 현재 진세의 변화가 예전과 달리 풍운조화(風雲造化)를 일으키지 못하는 건 그야말로 태풍이 불기 전의 고요나 다름없다 할 것입니다."

"……."

신무도장은 진무각에서 평생 무학을 연마한 사람이었다.

진법(陣法)이나 역경(易經)에 대해선 그리 큰 조예가 없었다.

고작해야 무당파 비전의 검진을 중심으로 어느 정도의 성취만 있을 따름이었다.

당연히 무당 학도의 우두머리인 구손이 갖고 있는 진법에 대한 지식에는 결코 비할 바가 못 되었다. 그야말로 생판 딴 세상의 얘기를 듣는 것이나 다름없었다.

딱딱하게 굳다 못해 당혹하게 일그러진 신무도장의 모습에 구손이 얼른 허리를 숙여보였다. 사죄의 말 또한 뒤따른다.

"신무 사형께 제가 죄를 지었습니다. 괜스레 머릿속을

어지럽혔으니 용서해 주시기 바랍니다."

"아, 아닐세. 그런데 조금 쉽게 설명해 줄 수 있겠는가? 내가 진법에 대해선 아는 바가 그리 많지 않다네."

"그러지요. 으음, 그럼 어떻게 설명해야 하려나……."

구손의 표정에 고민스러운 기색이 떠올랐다.

본래 그는 무척이나 쉽게 대천강진세의 변화를 설명했다. 사실 어린애라도 알 수 있으리라 생각했다.

한데 더 쉽게 설명해 달란다.

이런 종류의 학문이 숨을 쉬는 것만큼 자연스럽던 그로선 참 고민되는 일이라 하지 않을 수 없을 터였다.

그때, 적천경이 불쑥 두 사람 사이에 끼어들었다.

"두 분 도장, 아무래도 우리는 조금 더 빨리 움직여야 할 것 같습니다."

구손과 신무도장이 거의 동시에 적천경을 바라봤다.

"무슨 문제가 발생한 것인지요?"

"어찌 그러시는 것입니까?"

적천경이 주변을 살피며 말했다.

"잘은 모르겠지만, 주변의 평온하던 대기가 갑자기 격렬하게 변화했습니다. 필경 진세의 내부에 문제가 발생했음이 분명합니다."

"주변의 대기가 변화했다고요?"

"어찌 그런 걸 알 수가……."

구손과 신무도장이 묘한 표정을 지어 보이고, 불신의 기색을 드러냈을 때였다.

스으 — 팟!

적천경이 갑자기 두 사람을 뒤로하고 신형을 앞으로 날렸다.

대천강진세 내부로 들어선 후 안내를 맡고 있던 구손을 순식간에 제쳐 버렸다.

분뢰보.

적천경이 속도를 가속하며 발끝에 가벼운 진경을 담자 곧 뿌우연 흙먼지가 솟아올랐다. 분뢰보의 맹렬한 속도에 파괴력이 더해져 마치 쟁기처럼 바닥에 큼지막한 고랑을 만들어 버린 것이다.

"크아악!"

더불어 터져 나온 비명성!

적천경을 중심으로 자욱하게 일어났던 흙먼지 속에서 대기가 미친 듯 변화를 일으켰다. 가장된 고요를 깨고 살벌한 파공성과 비명성이 뒤섞인 아비규환을 드러냈다.

찰나뿐이었다.

곧 적천경이 만들어 냈던 흙먼지가 가라앉았고, 아비규

환의 광경 역시 자취를 감췄다. 마치 신기루라도 되는 것처럼 말이다.

'구손도장의 말을 듣지 않고 대천강진세에 뛰어들었던 고수들이로군. 뭐, 아직 팔팔한 것 같으니 잠시 그냥 놔둬도 되려나?'

그렇다.

그가 분뢰보로 대기를 흔들어 구멍 낸 진세 안에서 벌어지고 있는 아비규환은 평범한 무림의 고수들이었다. 평생 쌓아온 자부심과 오만함의 대가로 진세가 만들어 낸 환상 속에 갇혀 고통 받고 있는 자들이었다.

당연히 적천경에겐 그들에 대한 존중은 없었다.

구손의 말을 듣지 않고 자소봉에 올랐으니 조금 더 고생하게 내버려 두는 것도 나쁠 것은 없을 터였다.

그렇다고 그냥 구손에게 돌아갈 생각은 없었다.

까닥!

가볍게 고개를 기울여 보인 적천경이 다른 방향을 찍었다. 역시 미약하나마 대기의 흐름이 묘하게 어긋나고 있는 방면이었다.

'이번에는 제대로 되어야만 할 텐데……'

정말 그래야만 한다.

구손과 헤어져 대천강진세 속에 혼자 뛰어든 이상 자칫

잘못하면 미아가 될 수도 있었다. 방금 전 봤던 무림 고수들처럼 말이다.

그렇게 다시 진세 안을 얼마나 휘저었을까?

미약한 대기의 진동을 따라 조심스레 이동하던 적천경의 눈살이 가볍게 찌푸려졌다.

여태까지와 달리 갑자기 변한 주변 환경!

이미 죽어있는 도사들 사이로 한 명의 여도사가 바닥에 쓰러져서 고통스레 호흡을 몰아쉬고 있었다. 얼마 전 천면귀마의 시왕홍살장에 얻어맞은 우인혜였다.

"연정……."

적천경이 나직한 중얼거림과 함께 고개를 저어보였다.

눈앞의 우인혜는 아내 소연정과 전혀 닮지 않았다. 둘 다 보기 드문 미녀이긴 하나 완전히 달랐다.

다만 지난 몇 년간 적천경은 계속 병약한 아내와 처제 소하연의 곁을 지켰다. 그녀들의 발작을 수없이 많이 지켜본 만큼 생사가 경각에 달린 우인혜의 현재 모습에 마음이 흔들리지 않을 수 없었다.

슥!

얼른 우인혜에게 다가간 적천경이 식지를 뻗어서 그녀의 맥을 짚었다.

오랜 병수발로 인해 의학에는 정통한 터였다.

진맥과 촉진 또한 상당한 수준이었다.

'이런! 내상과 독상을 동시에 당한 건가? 내가정종의 심후한 내공을 지녔기에 즉사는 면했으나 이대로 두면 일수유 이상을 버티지 못할 것이다.'

진맥에 이어 손바닥으로 아랫배의 촉진까지를 끝낸 적천경이 잠시 고심에 빠졌다.

이곳은 여전히 대천강진세의 중심이었다.

위험하고 낯설었다.

우인혜를 구하기 위해 추궁과혈(推宮過穴)과 운기조식을 병행하다가 암습이라도 당하게 되면 꼼짝없이 목숨을 내놔야만 할 터였다. 두 사람 모두 말이다.

"허억!"

그때 미약한 호흡만을 가까스로 내뱉고 있던 우인혜의 입에서 격한 신음이 터져 나왔다.

눈 역시 뜨여졌다.

회광반조(廻光反照)의 현상?

자신을 빤히 올려다보고 있는 청려한 눈동자 속에 담긴 맑은 눈물을 본 적천경이 입가에 한숨을 매달았다. 이제 정말 시간이 없다. 지금 당장 손을 써야만 했다.

'생사일여, 삶과 죽음은 본시 하나일지니……'

언젠가 사부에게 들었던 한마디를 내심 중얼거린 적천경

이 우인혜의 명문혈(命門穴)과 하단전에 양손을 가져다댔다. 전심전력을 다해서 그녀를 구하기로 한 것이다.

＊　　　＊　　　＊

"허어! 설마 진법에도 조예가 깊을 줄이야……."

"신무 사형, 그런 게 아닙니다."

"……하지만 구손, 그는 너무나 손쉽게 대천강진세속으로 사라졌지 않은가?"

"물론 그건 대단한 일입니다. 하지만 적 도우의 이 같은 행동은 절대 진법에 대해 잘 아는 사람답지 않습니다. 현재의 대천강진세는 평소와 크게 달라져서 신무 사형조차 변화의 방향을 확실하게 파악하지 못했지 않습니까?"

"하면 구손, 자네의 생각은 어떠한가?"

"글쎄요."

구손이 고개를 갸웃해 보이며 뒤통수를 손가락으로 긁어 보였다. 입가에는 평소의 모습과는 조금 다른 기묘한 미소가 머물러 있다.

하지만 신무도장은 본래 구손에 대해 잘 몰랐다.

관심이 없었다.

하긴 당당한 진무각주이자 무당십검의 하나인 그가 어찌

학도인 구손에게 신경 쓸 일이 있었겠는가.

그래서 그는 현 상황이 불편했다.

한시라도 빨리 대천강진세의 영역을 벗어나 자소궁에 도
착하고 싶었다.

한데, 그 같은 생각과 함께 신무도장이 구손보다 빨리 앞
으로 나섰을 때였다.

슈아악!

일순 신무도장의 눈앞으로 붉은색 가루가 뿌려지더니,
곧 그의 가슴으로 기괴한 장력이 파고들어왔다. 끔찍한 독
기를 함유한 채 곧장 심부 속으로 전달되어졌다.

"헉!"

짤막하게 흘러나온 신음.

더불어 신무도장의 검이 푸른색 검기를 뿌려내었다. 자
신을 암습한 자에게 평생 연마한 건곤무극검을 펼친 것이
다.

"커억!"

신무도장을 암습했던 천면귀마의 입에서 역시 비명이 터
져 나왔다.

그 역시 대천강진세 속을 헤매던 중이었다.

진세의 요로를 지키고 있던 무당 제자들에게 줄곧 쫓긴
탓에 온몸이 상처투성이였다. 중간에 무당 제자를 다섯 명

이나 죽였으나 운이 없었다. 하필이면 진세가 변화하던 때에 무당십검의 한 명인 신무도장과 맞닥뜨렸으니 말이다.

풀썩!

천면귀마가 바닥에 주저앉았다.

목이 절반이나 잘린 탓에 대량의 핏물을 쏟아 내었다. 설혹 화타나 편작 같은 대라신선이 온다 해도 살 수 없는 치명상을 입은 것이다.

반면 신무도장은 주춤거리며 뒤로 물러서고 있었다.

손에 굳건하게 들려 있는 태극진검!

나이 스물다섯에 진무각에 들어갔고, 서른에 칠성검수의 수좌가 된 후 한시도 그의 곁을 떠나지 않았던 검.

그 검이 지금 주체할 수 없을 만큼 떨리고 있었다.

마찬가지로 미친 듯 들썩이고 있는 가슴.

"쿨럭!"

폭풍처럼 심맥을 따라 심장으로 몰려든 시왕홍살장의 시독이 미친 듯 독혈을 뿜어내게 만들었다. 운이 없었던 건 천면귀마 뿐이 아니었다.

"신무 사형……."

뒤로 힘을 잃고 무너져 내리는 신무도장을 힘겹게 안은 구손의 얼굴에 안타까운 표정이 어렸다.

무당 학도의 우두머리.

당연히 의술에도 상당한 조예가 있다. 신무도장이 어이
없을 만큼 빠르게 죽어 가고 있다는 걸 모를 리 만무했다.

하지만 본래 출가인이라 한다.

어찌 삶과 죽음을 둘로 나눌 수 있을까?

상선(上善)은 물과 같다.

**물은 만물을 잘 이롭게 하여 다투지 않으며, 뭇사람들이
싫어하는 곳에 처한다.**

그러므로 도(道)에 가깝다.

사는 것은 땅을 좋다 하고 마음은 깊은 것을 좋다 하고,

함께하는 것은 어진 것을 좋다 하고,

말은 진실을 좋다 하고,

법은 다스리는 것을 좋다 하고,

일은 능한 것을 좋다 하고, 움직임은 때를 좋다 한다.

오직 다투지 않는지라 허물이 없다.

어느새 다시 평상시와 다름없는 표정이 된 구손이 조용
조용히 도덕경의 한 구절을 중얼거리기 시작했다. 신무도
장을 위해 그가 해 줄 수 있는 유일한 것이기라도 한 것처
럼 그리했다.

7장

녹슨 검의 울음소리

깜빡!

우인혜는 눈을 뜬 후 몇 차례에 걸쳐 기다란 눈꺼풀을 가볍게 떨어보았다.

초점이 흐릿하다. 이지러진다. 도대체 얼마나 오랫동안 정신을 잃었었는지 짐작조차 되지 않는다.

'으음, 뭐가 어찌 되었던 거지…….'

그래도 억지로 심력을 집중했다. 의식의 흐름을 명확히 해서 자신이 처한 현 상황을 정확하게 파악하려 노력했다.

그러자 주마등처럼 뇌리를 스쳐 간 몇 가지 영상!

그중 악마 같던 천면귀마와 그의 수중에 쥐어져 있던 무당 사형제들의 벗겨진 얼굴을 확인한 우인혜의 이가 악물렸다.

양 주먹에도 힘이 들어갔다.

등줄기로 찬 기운이 흘러내리는 것 같다.

파팍!

그와 함께 재빨리 신형을 일으켜 세우던 우인혜가 해연이 놀란 표정이 되었다.

기억이 정확하다면 그녀는 천면귀마의 시왕홍살장을 얻어맞고 의식을 잃었다. 그때 느꼈던 지독한 고통은 척추에까지 미쳐서 반신을 마비시켰었다. 의식을 잃은 상황에서도 명확하게 그 고통을 인지하고 있었을 정도였다.

한데 지금 그녀는 말짱했다.

거짓말처럼 내상이나 척추의 통증이 느껴지지 않았다.

그렇다면 나머지 몸의 상태는 어떠할까?

우인혜는 재빨리 단전에서 태을기공(太乙氣功)을 일으켜 천천히 일주천(一週天)시켰다. 내상의 여부를 확인하는 게 최우선이란 판단이었다.

낯선 목소리가 그녀의 귓전을 두드린 건 바로 그때였다.

"아직 내상이 완치된 건 아니니, 무리해선 안 될 것이오."

'이 목소리는……'

우인혜가 깜짝 놀라 얼른 태을기공을 거둬들였다. 얼굴에 긴장감이 감돌았다.

더불어 허리춤으로 이동한 손끝.

하지만 검지와 중지가 도달한 그곳에는 이미 검갑만이 남아 있었다. 천면귀마에게 얻어맞은 직후에 검을 잃어버린 듯하다. 안타깝게도 거기에 대해선 전혀 기억이 나지 않는다.

그때 낙담한 표정이 된 우인혜에게 적천경이 다가왔다. 그의 손에는 그녀가 잃어버린 청강검이 들려져 있었다.

"이걸 찾으시는 것이오?"

"그건……."

"소저를 발견한 장소에서 그리 멀지 않은 곳에 떨어져 있었소."

"……앗!"

갑작스레 자신에게 홱하고 날아든 청강검을 우인혜가 움찔하더니, 솜씨 좋게 받아 들었다.

제법 맹렬한 몇 차례의 회전!

그사이로 손날을 집어넣더니, 능숙한 공수입백인(空手入白刃)의 동작으로 검병을 낚아챘다. 갑작스러웠음에도 조금의 실수도 없었다.

적천경의 입가에 흐릿한 미소가 번져 나왔다.

"과연 내가 사람을 잘못 구한 건 아니었군."

"무슨 뜻이죠?"

"방금 소저가 펼친 건 무당파의 추수가 아니오? 그건 소저가 금마옥을 탈출한 전대의 여마두는 아니란 뜻이겠지요."

'금마옥을 탈출한 전대의 여마두?'

우인혜가 콧잔등을 가볍게 찡그려 보이곤 적천경을 흘겨봤다.

이래봬도 방년 스물다섯밖엔 되지 않았다.

꽃답다고는 할 수 없어도 여전히 뽀얗고 고운 살결은 이팔청춘에 전혀 뒤진다고 생각하지 않았다.

전대의 여마두라니!

이건 실례도 보통 실례가 아니다.

'쳇! 초면에 여자한테 그런 말을 하다니…… 근데 꽤 이상한 사람이네?'

우인혜가 내심 인상을 써 보이면서도 적천경을 묘한 시선으로 바라봤다.

산뜻한 현의 무복.

허리에 매달린 녹슨 철검.

묵룡이 수놓아진 영웅건으로 단정히 머리를 묶은 모습의 적천경은 꽤나 특징적이었다. 무당파의 도사들과는 단연코 달랐고, 천하를 주유하며 만났던 청년 영웅호걸들과도 차별적인 기도가 엿보였다.

특히 신경 쓰이는 건 눈빛이다.

외양은 분명 이십 대 초중반가량인데, 기묘하게도 안광이 침침하다. 무공을 익힌 무림인다운 영기(靈氣)가 전혀 보이지 않았다. 내공 수련의 잣대라 할 수 있는 태양혈(太陽穴) 역시 두드러지지 않았고 말이다.

설마 내공이 삼류인 걸까?

하지만 그렇다면 어떻게 금마옥을 알고 있는 것일까?

찰나간, 몇 가지 의문에 빠진 우인혜가 검날을 가볍게 손가락으로 매만지곤 말했다.

"나는 무당파의 일대제자인 우인혜예요."

"속가 제자인 것이오?"

"뭐, 현재는 그런 셈이죠. 자기소개는요?"

"호검관의 적천경이라 하오."

"호검관?"

"강서성의 작은 무관이니, 우 소저는 들어보지 못하셨을 것이오."

"그렇군요. 근데 어떻게 제가 적 소협에게 감사해야하는 건가요? 부끄럽게도 악적의 암수에 걸려서 전후의 사정을 전혀 모르겠군요."

'생각보다 당당한 태도로군. 자칫 내가 내상을 진정시키

기 위해 옷을 벗기고 추궁과혈(推宮過穴)까지 한 걸 눈치채면 곤란하니까 살짝 속여 볼까?'

운기조식에 들어가고 얼마 지나지 않아서였다.

우인혜의 내상이 생각 이상으로 심각하다 판단한 적천경은 그녀의 옷을 벗기고 추궁과혈에 들어갔다. 양손바닥에 순양의 내력을 모아서 직접적으로 마찰해서 굳어가는 경맥을 풀어준 것이다.

이는 아내나 처제 소하연에게만 종종하던 치료법이다.

절대적으로 그래야만 했다.

무림인으로서 남녀칠세부동석이란 유교적 관습에 얽매이진 않으나 절대 넘지 말아야할 선은 존재했다. 특히 남녀 간의 관계에 있어선 더욱 그러했다.

내심 그렇게 생각을 정리한 적천경이 입가에 미소를 띤 채 고개를 끄덕여 보였다.

"물론 우 소저는 내게 감사해야하오."

"그럼 역시 절 구한 건……."

"우 소저가 의식을 잃고 쓰러져 있는 동안 나는 한 걸음도 떠나지 않고 곁을 지켰소. 외부의 충격으로부터 완전무결하게 지켜준 것이오."

"단지 그뿐?"

"그걸로 부족하다는 것이오? 내가 시의 적절하게 우 소

저를 발견해 철통같이 호위함으로써 큰 봉변을 면케 해드렸
는데⋯⋯."

"아! 알겠어요."

태연한 표정으로 고개를 추켜보이는 적천경을 향해 우인
혜가 얼른 양손을 휘저어 보였다.

무림의 영웅호걸들 같은 영기발랄함까지는 바라지도 않
는다.

이렇게 별것도 아닌 걸로 뻔뻔스럽게 자신의 공적을 부풀
리다니.

단숨에 적천경에 대한 관심을 절반 이상 깎아버린 우인혜
가 화제를 바꿨다.

"금마옥에 대해 알고 있는 걸 보니, 혹시 신무 사형과 함
께 오신 분이신가요?"

"그렇소."

'역시 그런 건가? 그럼 신무 사형이 데리러 간 은거 고수
는 이 사람이 속했다는 호검관의 관주쯤 되겠구나!'

도적을 박탈당하고 자소궁에서 쫓겨난 직후부터 우인혜
가 알 수 있는 정보는 크게 한정되었다. 한때 친분이 돈독했
던 신무도장과도 데면데면 지냈기에 그냥 일반 제자들 사이
에서 도는 소문 정도만 알 수 있었다.

그 같은 생각과 함께 우인혜가 갑자기 입술 꼬리를 슬쩍

치켜올렸다. 눈이 반짝거리며 빛을 낸다.

"아하! 당신, 사실은 신무 사형과 헤어져 길을 잃어버린 거지요? 그래서 내 곁을 떠나지 않고 있었던 거고요!"

"그, 그걸 어떻게 안 것이오?"

"쳇! 역시 그랬구나! 그런데 날 보호했다고 큰 소리를 치다니! 부끄러운 줄을 아세요!"

"나는 부끄럽지 않소. 우 소저의 곁을 지키고 있었던 건 사실이니까."

"누가 뭐래요? 근데 신무 사형과는 어디서 헤어진 거죠?"

"그게……."

잠시 말끝을 흐리던 적천경이 고개를 저어보였다.

"……잘 모르겠소."

"그럼 다른 소란은요?"

"소란?"

"앞서 말했다시피 저는 악적에게 기습을 당했어요. 그 전에 사형제 몇 명도 그자에게 변을 당한 것 같고요. 그러니 혹시 신무 사형께서 그 악적과 조우한 게 아닌지 묻고 있는 거예요. 그 혼란통에 적 소협은 신무 사형과 헤어진 거고요."

"……."

적천경이 잠시 말문이 막힌 듯 입을 가볍게 벌리더니, 곧 손뼉을 쳤다. 뭔가를 깨달았다는 표정과 함께다.

짝!

우인혜의 눈에 이채가 어렸다.

"역시 그런 건가요?"

"우 소저는 천재인 것이오? 정말 비범하시오!"

"푸핫! 천재는 무슨…… 나는 그냥 평범한 무당파의 제자일 뿐이에요."

"아니오. 우 소저는 내 평생 본 사람 중 최고로 머리가 좋은 사람이오."

"전혀! 나는 전혀 머리가 좋지 않아요. 오히려 바보에 가까워요. 그러니 더 이상 그런 말은 하지 말아요."

"하지만……."

"아! 정말!"

왈칵 짜증 내는 우인혜의 서슬에 적천경이 입을 다물었다. 그녀의 눈 속에 담긴 분노를 읽었기 때문이다.

잠시뿐이었다.

곧 화를 누그러뜨린 우인혜가 주변을 이리저리 살펴보곤 적천경에게 말했다.

"일단 나와 함께 자소궁으로 가시죠. 이곳은 악적이 출몰했던 장소라 위험해요."

"우 소저를 암습했던 자의 무공이 그토록 대단했소?"

"대단했죠. 적어도 나로선 감당할 수 없는 무공이었어요. 무당십검에 속한 신무 사형이라면 달랐겠지만."

"그렇군."

"그럼 지금부터 내 보법을 유의해서 따라오세요. 중간에 진세가 변할 것 같으면 미리 주의해 드릴 테니까."

"천천히 부탁드리겠소. 내가 눈이 어두워서."

"그러죠."

이미 적천경을 얼굴값 못하는 어수룩한 사람으로 판단 내린 우인혜가 짤막한 대답과 함께 걸음을 옮겼다. 여전히 절반 남짓 남아 있는 바구니의 음식이 신경 쓰였으나 지금은 비상 시기였다. 한 끼쯤 굶는다고 사람이 죽지는 않을 터였다.

*   *   *

"이건……."

자신의 앞에 툭하고 떨어져 내린 몇 장의 인피를 살피던 푸른 얼굴의 괴인, 청면호(靑面虎)가 눈에 이채를 발했다.

경탄할 만큼 깨끗하게 벗겨진 얼굴 가죽.

표정까지 그대로 살아 있는 게 보는 이를 소름 끼치게 한다. 마치 지금부터 발생할 끔찍한 혈사를 예고하는 듯하다.

반면 청면호의 맞은편에 가부좌를 틀고 앉아 끝이 뾰족한 세모꼴의 협봉검을 손보고 있던 파면인, 백자살흉(百刺殺兇) 이서극은 얇은 입술을 말아 올렸다. 그가 강호를 종횡할 때 얼굴을 수십 차례 져며 낸 후 사람을 죽이고 나서 보이곤 하던 흉악무도한 표정과 함께다.

"드디어 무당 말코 녀석들의 얼굴 가죽을 벗겨 왔구나! 함께 갔던 천면귀마는 어찌하고?"

"그래, 천면귀마는 어쩌고 네놈 혼자서 돌아온 것이냐? 어서 말해 봐. 곽채산!"

청면호의 재촉에 곽채산이라 불린 꼽추에 추괴한 얼굴을 한 괴인이 누런 이를 슬쩍 드러냈다. 미소다.

"천면귀마는 죽었소."

이서극과 청면호의 눈에서 섬뜩한 귀광이 번뜩였다.

"뭐라!"

"어떤 놈이 감히 천면귀마를 죽였단 말이냐!"

무수히 많은 거마효웅이 집결해 있던 금마옥에서도 천면귀마와 청면호, 백자살흉 이서극은 열 손가락 안에 꼽히는 강자였다. 절대적인 강자라 할 수 있는 적사멸왕 사백령을 제외하곤 누구도 신경 쓰지 않을 정도였다.

게다가 천면귀마는 무척 중요한 인물이었다.

금마옥에서 탈출하고서도 대천강진세에 갇혀서 자소봉 밖으로 나갈 수 없게 된 터라 그의 역용술이 절실했다. 무당파의 제자로만 신분을 위장할 수 있다면 이깟 대천강진세 따윈 쉽사리 박살 낼 수 있다고 여긴 까닭이었다.

자연스레 자신에게 화살처럼 날아든 살기 어린 시선에도 곽채산은 태연했다. 사실 하도 봉두난발에다 더러워서 표정의 변화가 거의 밖으로 드러나지 않기도 했다.

"천면귀마를 죽인 건 무당파의 도사였소. 함께 동귀어진(同歸於盡) 했지."

"동귀어진?"

"그렇소. 천면귀마의 일장을 얻어맞고 그 무당파 도사는 뒈졌소. 뭐, 그전에 다행히도 이 소중한 인피면구의 재료는 내게 전해졌지만."

"……."

"……."

청면호와 이서극의 살기등등하던 눈빛이 바뀌었다. 곽채산의 목소리 속에 담겨 있는 득의만면한 기색을 놓치지 않고 간파한 때문이다.

이서극이 말했다.

"그러고 보니 곽채산 네놈은 금마옥에서부터 천면귀마의 뒤를 항상 졸졸 따라다녔었지. 인피면구 제조도 할 수 있는 것이냐?"

"물론."

"천면귀마를 어떻게 구워삶았지? 그놈은 누구도 믿지 않 았는데……."

"내가 아냐."

"네가 아니다?"

"적사멸왕 사백령 노야."

"퀵!"

이서극의 입에서 비명이 터져 나온 것과 동시였다.

스팟!

어느새 자신의 독문병기인 청마수갑(靑魔手甲)을 착용한 청면호가 번개같이 신형을 띄워 올렸다.

그 기세는 그야말로 노호(怒虎)!

순식간에 공간을 단축한 청면호의 청마수갑이 곽채산의 머리 위로 떨어져 내렸다. 청마수갑에 장착된 한 치 길이의 세 가닥 칼날로 두부처럼 머리통을 썰어버리려 했다.

그러나 그 순간 움직인 이서극의 협봉검!

치앙!

그의 길쭉한 협봉검날에 퉁겨진 청마수갑의 세가닥 칼날 에서 시퍼런 불꽃이 일었다. 그 정도의 위력이 담겨 있던 일 격이었다는 의미.

휘릭!

그러자 청면호가 공중에서 신형을 회전시켰다.

청마수갑 역시 그냥 있진 않는다.

세 가닥 칼날이 미세한 변화를 일으키더니, 자연스럽게 이서극의 협봉검날을 따라 내려온다. 검날을 칼날 사이에 끼어서 수갑처럼 옥죄어버린 것이다.

휘청!

그러나 이서극은 이미 청면호의 청마수갑이 지닌 위력을 잘 알고 있었다.

그가 손목을 가볍게 흔들어 보인 것과 동시였다.

청마수갑의 칼날에 옥죄어졌던 협봉검날이 갑자기 연체동물처럼 휘어지더니, 주인을 따라 뒤로 물러섰다. 순식간에 청마수갑의 칼날로부터 벗어나 버렸다.

슥!

그것만으로 끝일 리 없다.

어느새 이서극은 곽채산의 뒷덜미를 다른 손으로 낚아챈 채 신형을 뒤로 물리고 있었다. 청면호의 이차 공격이 그를 노리지 않게끔 세심함을 발휘한 것이다.

"청면호 그만해라!"

"그놈은 적사멸왕 사백령이 우리한테 심어 놓은 간세다! 천면귀마를 죽인 놈인지도 몰라!"

"그리고 이젠 유일하게 인피면구를 제작할 수 있는 놈이다. 설마 이 빌어먹을 곳에서 탈출하고 싶지 않은 건 아닐 테지?"

"그렇지만……."

다시 청면호가 반발하려할 때였다.

파팍!

이서극의 삼지마인(三指魔印)이 곽채산의 상반신을 벼락같이 찍어버렸다.

"커헉!"

곽채산의 입에서 피화살이 터져 나왔다. 언뜻 드러난 눈동자의 색깔 역시 잠시 붉게 물들었다 본래대로 돌아왔다.

툭!

그제야 곽채산을 놔준 이서극이 무심하게 말했다.

"네놈은 방금 전 내 삼지마인에 독문점혈을 당했다. 삼일 안에 내가 해혈해 주지 않으면 어찌 되는지는 잘 알겠지?"

"……칠공토혈(七孔吐血)! 일곱 구멍으로 피를 토해 내고 죽게 되지."

"잘 아는군. 들었겠지. 청면호?"

청면호가 그제야 청마수갑을 천천히 내려뜨렸다. 그러나 여전히 눈 속에는 섬뜩한 살기가 깃들어 있다.

당연하다.

금마옥에 갇힌 마인 중 가장 강력한 자는 적사멸왕 사백령이었으나 세력만으로 보면 달랐다. 신마혈맹의 갑작스러운 패망으로 붙잡힌 일곱 마존(魔尊)이 힘을 합해 그를 견제해 왔다. 본래 사백령이 이끌던 천사혈부(天邪血府)와 신마혈맹이 중원 사마외도의 주도권을 놓고 마지막 순간까지 쟁패를 벌인 구원 때문이었다.

어찌 됐든 그런 칠마존도 금마옥이 파옥될 때 셋이 죽어, 현재는 천면귀마, 청면호, 백자살흉 이서극, 적발혈염(赤髮血艷) 백요란의 네 명만 남아 있었다. 적어도 곽채산이 홀로 돌아올 때까지는 그러했다.

'흥! 백요란. 그 요녀가 신마혈맹의 마인들을 모조리 제치마 속에 굴복시킨 것만큼 놀랍구나! 설마 천면귀마 녀석이 사백령에게 넘어갔을 줄이야! 어찌 됐든 일단 무당산을 벗어나는 게 중요하니, 곽채산, 이 꼽추 녀석은 충분할 만큼 이용해 주겠다!'

내심 냉소한 이서극이 곽채산에게 말했다.

"천면귀마는 어떻게 사백령에게 넘어간 거지? 아니, 그보다 곽채경. 네놈은 사백령과 어떤 관계인 거냐?"

"사부님이오."

"사부? 사백령이 네놈 같은 꼽추를 제자로 삼았다는 거나?"

"왜? 믿기지 않소? 나는 당신들이 아는 것보다 훨씬 머리가 좋고 훌륭한 무골을 지녔소. 그래서 천면귀마의 역용술도 대부분 내 것으로 만들 수 있었소."

문득 곽채산의 눈에서 번뜩이며 흘러나온 귀광에 이서극이 눈살을 찌푸려 보였다.

내심 짜증이 확 치솟는다.

감히 금마옥에 갇힌 자들 중에서도 삼류에 불과하던 녀석이 칠마존에 속한 자신에게 대들다니!

만약 천면귀마만 살아 있었어도 당장 목을 날려 버렸을 터였다. 아니다. 이미 삼지마인에 점혈당했으니, 칠공토혈을 하며 죽게 내버려 두는 편이 낫겠다.

그 같은 생각과 함께 억지로 노화를 누른 이서극이 오히려 입가에 미소를 담았다.

"그래, 네놈의 무골은 나쁘지 않은 편이다. 사백령아 제자를 삼은 것도 무리는 아니야."

"무리해서 아첨할 필요는 없소. 어차피 사부님께서 명하신 대로 나는 당신들한테 인피면구를 만들어 줄 테니까."

"사백령이 원하는 건 뭐지?"

"뻔하지 않겠소?"

"뻔하다?"

"무당파의 멸문(滅門)!"

"뭐?"

"그게 무슨 말도 안 되는!"

경악해 소리를 지른 이서극과 청면호를 향해 곽채산이 비웃음과 함께 어깨를 추어올렸다.

"뭘 그런 걸 가지고 놀라는 거요? 사부님은 그래서 아직까지 금마옥에 남아서 무당파의 고수, 모두의 전력을 자신 쪽으로 집중시키고 계신데……."

"……."

"……."

이서극과 청면호가 멍하니 서로를 바라봤다. 곽채산이 한 말의 의미가 그만큼 크게 다가오고 있었기 때문이다.

*   *   *

자소궁.

무당산 곳곳에 퍼져 있는 수십 개가 넘는 군소 도관의 본산.

우인혜의 안내를 따라 도가의 대성지에 도착한 적천경의 눈에 가벼운 이채가 스쳐 갔다.

자소봉을 오를 때와는 또 다르달까?

'이 고요함 속의 기염! 온몸의 살갗을 바늘이 파고드는 것 같은 이 통증이야말로 무당파의 진정한 본질이라 할 수 있을 테지? 하지만…… 과연 이곳에 구손도장 이상 가는 고인이 있을지 모르겠구나.'

감탄의 뒤 끝, 한 조각 의문이 인다.

학도라 불리던 구손은 실로 대단한 사람이었다. 한눈에 몸을 웅크린 채 때를 기다리는 와룡임을 알아볼 수 있었다.

하지만 그런 사람이 있는 와룡심처인 무당파는 현재 대천강진세 같은 걸로 존엄을 지키고 있었다. 진정한 강자가 취할 만한 도리는 아닌 것이다.

그때 자소봉의 녹색 이끼 잔뜩 끼어 있는 기다란 담 앞에 이르러 걸음을 멈춘 우인혜가 적천경에게 신형을 돌려보였다.

"여기서 잠시만 기다리세요."

"이곳에 말이오?"

"예, 이곳은 대천강진세의 기세가 가장 약한 장소 중 하나니까 함부로 움직이지만 않으면 별일 없을 거예요. 하지만 그렇기 때문에 더욱 위험할 수 있으니까 반드시 자리를 이동해선 안 돼요."

"그러겠소."

적천경이 자소궁에서 발해지는 기운에 취해 건성으로 대

녹슨 검의 울음소리 225

답하자 우인혜가 아미를 살짝 찡그려 보였다.

눈앞의 자소궁, 도적에서 삭제된 이후 처음이다.

지금과 같은 비상시기가 아니라면 다시 발걸음을 할 일은 없었을 터였다. 장문령으로 절대 이곳에 발을 들여놓지 말란 엄명을 받았으니까.

그래도 지금은 어쩔 수 없었다.

여태까지와 달리 대천강진세의 영향을 무시한 채 금마옥을 탈출한 악적들이 날뛰고 있었다. 하릴없이 무당 제자들이 죽어나가고 있는 터에 장문령만을 지킬 순 없었다. 그건 그녀의 성정과 전혀 어울리지 않았다.

'게다가 신무 사형 역시 나처럼 악적에게 기습을 당한 듯 싶으니, 한시라도 빨리 장문인께 알려야 한다! 만약 그분과 호검관의 관주에게 문제라도 발생하면 곤란하니까!'

슥!

우인혜가 내심 빠르게 염두를 굴린 후 자소궁의 정문을 향해 기쾌하게 신형을 뽑아 올렸다.

유운신법.

그녀가 펼칠 수 있는 가장 빠른 속도였다.

*　　　　*　　　　*

'흐음…….'

우인혜가 떠나가고 얼마나 지났을까?

잠시 주변을 서성거리며 대기에 깃든 기운 속을 노닐던 적천경은 어느새 그녀가 한 경고를 까먹었다. 머릿속에서 깨끗하게 지워 버렸다.

사실 그는 극단적일 만큼 충동적인 사람이었다.

소년 시절부터 그랬다.

대가뭄이 덮쳐 부모님이 돌아가신 후 충동적으로 고향을 떠나왔고, 곧 전장에 뛰어들었다. 친구 곽채산과 함께 건장한 육체만을 믿고 출세를 하기 위함이었다.

그러다 사부를 만났다.

운명적인 조우였다.

그렇게 믿고 그를 따라 전장을 뒤로했다. 인간의 능력을 훌쩍 뛰어넘은 초인처럼 보였던 그를 무작정 뒤쫓았다.

당연히 사부와의 이별 역시 갑작스러웠다.

친구 곽채산의 죽음에 미칠 듯 분노했고, 복수를 다짐했다. 사부와 같은 초인이 되는 길을 깨끗이 포기한 것이다. 격정적인 자신의 기질대로 말이다.

하지만 아내 소연정을 만난 후 그는 달라졌다.

그녀와 만나 혼인하고 호검관을 세울 때까지의 일 년간은 그의 평생 중 가장 행복했던 시기였다.

초인의 길?

친구 곽채산의 죽음?

모두 과거의 일이었다. 더 이상 신경 쓰이지 않았다.

하물며 아내 소연정을 갑작스러운 병마로 잃어버린 후엔 더욱 그러했다. 주화입마 혹은 심마와 함께 녹이 슬어버린 멸천뇌운검과 마찬가지였다. 격정을 억누른 채 칠 년이란 시간을 보내야만 했다. 철저할 만큼 자기 자신을 봉인시킨 것이다.

한데, 근래 들어 그의 격정적인 기질이 다시 서서히 봉인이 풀리고 있었다. 호검관을 떠나 무당산으로 향하는 동안 자유분방함이 고개를 치켜들었다. 마치 이렇게 될 것을 예상이라도 했던 것처럼 말이다.

잠시 자소궁의 기다랗고 굽이굽이 이어진 돌담과 주변의 풍광을 둘러보던 적천경의 입가에 미소가 번져 나왔다.

그의 눈길을 끈 건 고풍스럽고 예측이 불가능해 보이는 돌길의 저편.

무작정 대천강진세 속을 뛰어들었을 때와 같다.

은연중 개방된 감각이 자유롭게 뛰놀며 그를 이끌었다. 마치 얄궂은 운명인 것처럼 그러했다.

아니다.

적천경은 운명을 믿지 않는다. 그는 자기 자신만을 믿었다. 언제나 그래왔다.

'왠지 저쪽 길 너머가 땡기는군. 마치 날 유혹이라도 하고 있는 것 같단 말야?'

망설임이란 없다.

고개를 장난스레 갸웃해 보인 적천경이 갑자기 걸음을 옮겼다.

예감이었다.

결코 남에게 말할 수 없는 직감만으로 그는 우인혜가 떠나간 자소궁의 정문과는 반대 방향으로 향했다. 독특하게도 절벽을 따라 만들어진 무당파의 외오궁 중 하나, 남암궁(南巖宮)을 무작정 향한 것이다.

적천경이 남암궁을 얼마 두지 않았을 때였다.

찌릿!

갑자기 남암궁의 외곽에 펼쳐진 절벽을 따라 흘러가는 구름에 시선을 빼앗겼던 적천경의 눈에 이채가 어렸다.

그를 이곳으로 유혹해 온 기염!

무당산 자체가 뿜어내고 있던 현묘로움이 바뀌었다.

뿐만 아니다.

뒤이어 귓전으로 파고든 사내의 헐떡거림과 색기가 흘러넘치는 여인의 신음성. 언뜻 이해가 가지 않는 대목이다. 이곳이 도가의 성지인 무당산이고, 대천강진세가 철통같이 펼쳐져 있는 상황임을 감안한다면 말이다.

'이건…… 재밌군.'

적천경이 한차례 고개를 갸웃해 보이곤 소리의 근원을 향해 조심스럽게 다가들었다.

어느새 절반으로 줄어든 보폭.

전신의 근육 역시 조심스레 폭발을 준비한다. 분뢰보의 일보축지를 펼칠 수 있는 최적의 상태에 돌입한 것이다.

한데, 막 적천경이 소리의 근원인 남암궁 맞은편의 집채만 한 바위 쪽으로 돌아들어간 순간이었다.

움찔!

쭈뼛!

갑작스러운 적천경의 등장에 두 명의 청년 도사가 대경실색한 표정이 되었다.

대략 이십 대 초반가량 되었을까?

한눈에 보기에도 무공이 결코 낮지 않아 보이는 도사들의 손에는 각기 청강검이 들려져 있었다. 우인혜가 가지고 있던 것과 다름이 없다.

'무당파의 제자들인가?'

적천경이 눈에 살짝 이채를 드러낸 것과 동시였다.

스슥! 스스슥!

서로 시선을 교환한 청년 도사들이 검과 하나가 된 채 적천경을 향해 다가들었다. 언제 놀랐냐는 듯 이미 호흡과 보법이 안정을 되찾고 있다.

"길을 잃었었는데 다행이오. 나는……."

파팟!

스파팟!

적천경은 말을 끝낼 수 없었다. 순식간에 그에게 다가든 두 명의 청년 도사가 대뜸 쾌속한 검영을 일으키고 있었기 때문이다.

머리와 옆구리!

적천경을 노리는 청년 도사들의 공격은 하나같이 치명상을 입힐만한 위력을 지녔다. 좋은 검세다. 합벽검진이라 할법한 완벽한 합공이었다.

'……흠! 대뜸 이렇게 나온다는 건가? 하지만 호흡이 지나치게 거칠어. 살검(殺劍)은 아직까지 사용해 본 적은 없는 공격이야.'

찰나 간이었다.

섬전을 무색케 하는 청년 도사들의 합벽검세에 짧은 촌평을 한 적천경이 앞으로 향해 있던 발끝을 뒤로 끌어내었다. 무게 중심을 단숨에 이동한 것이다.

더불어 절반 이하로 줄어든 보폭. 바짝 긴장된 채 웅크러

든 하체의 넘실거리는 근육.

순식간에 진퇴에 자유를 부여한다.

슥!

그렇게 일보축지가 발휘되었다.

순식간에 머리 위로 떨어져 내린 검세를 피하고, 허리로 파고든 검세를 따돌린다.

당연히 그 다음은 폭발이다.

스파앗!

확실하게 뒤로 신형을 웅크러뜨렸던 적천경이 번개같이 좌우로 분신을 일으켰다. 그렇게 함으로써 여전히 자신을 노리고 있는 두 개의 검세를 완전히 흔들어 났다. 목표물을 상실케 만들었다.

그리고 공수입백인!

불쑥 앞으로 내밀어진 적천경의 수도가 공간을 빠르게 가로질렀다. 이미 목표물을 잃고 헤매이던 두 개의 검세를 한꺼번에 일도양단해 버린 것이다.

"헉!"

"크헉!"

대경한 비명성.

번뜩이는 검광과 함께 제멋대로 나뒹구는 두 개의 청강검.

이어 적천경에게 살검을 날리던 두 명의 청년 도사가 혈색을 잃고 뒤로 물러섰다. 검을 잃어버렸을 뿐만 아니라 적지 않은 내상까지 당했음이다.

그러나 그들은 전혀 굴함이 없었다.

적수공권이 된 상태임에도 안색을 굳힌 그들이 각기 무당파의 면장(綿掌)과 태극권(太極拳)의 자세를 취해 보였다. 비장하게 입을 다문 채 취한 자세만 봐도 이미 생사를 도외시했음을 알게 한다.

'역시 이들은 무당파의 제자다. 한데, 어째서 이렇게 죽기 살기로 나한테 달려드는 거지?'

전날 적천경과 손속을 겨뤘던 신무도장은 무당십검답게 정말 수준 높은 검의 고수였다. 오랜만에 후끈 몸이 달아올라 적당히 상대할 수 없었다. 오랜만에 꽤나 진심이 되어 무참하게 박살 내 버렸다.

당연히 눈앞에 보이는 청년 도사들은 그와 비교할 수 없다. 아예 흥분조차 시키지 못한다.

으쓱!

어깨를 가볍게 추어보인 적천경이 입가에 미소를 담았다.

"오해가 있는 모양인데, 나는 무당파의 적이 아니오. 사실은 친구라 할 수 있소."

"……."

"믿지 못하겠다면 신무도장한테 물어봐도 좋소."

"시, 신무 사숙님을 안다는 것이오?"

"그렇소. 그분의 안내를 받아 대천강진세가 펼쳐진 자소봉에 올랐소."

"그럼 신무 사숙님이 부근에 오셨다는 것이오? 정말 그렇다면 이는 정말 잘 된 일이다!"

환한 표정이 된 홍안의 청년 도사를 향해 과묵한 얼굴의 청년 도사가 얼른 제동을 걸었다.

"청명(淸冥), 어찌 악적의 교언(巧言)에 쉽사리 넘어가는 것이냐?"

"교언이라고요? 하지만 청진(淸眞) 사형, 금마옥의 악적들이 본파의 대천강진세나 신무 사숙님에 대해 안다고 볼 수는 없을 것 같은데요?"

"반드시 그렇게만 볼 순 없다. 금마옥에서 악적들이 탈출한지 이미 오래되었으니, 그들 중 몇이 신무 사숙님이나 대천강진세에 대해 알 수도 있지 않겠느냐?"

"그, 그야 그렇습니다만……."

청명의 홍안이 더욱 붉어졌다.

본래 그는 쉽게 흥분을 잘하는 성격이라 말솜씨가 부족했다. 이런 식으로 반박을 당하자 일시 머리가 하얗게 되어 그저 입을 다물 수밖에 없었다.

그러자 적천경이 청명에게 슬쩍 미소를 보이곤 청진에게
말했다.

"청진도장, 내 한 가지 물어도 되겠소?"

청진이 여전히 양손에 공력을 잔뜩 집중한 채 적천경에게
고개를 저어 보였다. 확실히 청명보다는 다루기 쉽지 않은
신중한 성품을 지녔음을 알겠다.

적천경은 개의치 않았다.

처음부터 자기 마음대로 할 작정이었기 때문이다.

"청진도장, 내가 금마옥의 악적이 아니란 건 이미 알고
있을 것이오. 당신은 바보가 아니니까."

"……."

"한데, 어째서 결사항전을 벌이려 하는 것이오? 내 생각
엔 다른 이유가 있는 것 같소만?"

"헛!"

"크헉!"

적천경이 순간 다시 일보축지에 들어갔다.

그렇게 청명뿐 아니라 계속 경계의 끈을 놓지 않던 청진
의 허까지 찔렀다. 단숨에 두 사람 사이에 파고들더니, 곧
그들을 제쳐 버렸다. 일반적인 보신경과 차원을 달리할 만
큼 발동 전의 예비 동작이 전혀 없는 분뢰보만의 위력을 십
분 발휘한 것이다.

한데, 그가 막 두 도사가 은연중 지키던 울창한 노송림으로 뛰어들었을 때였다.

쉬악!

갑작스레 귓전으로 짜릿하게 파고든 기음.

고막이 크게 울린다.

하지만 그보다 더욱 중요한 건 뺨 쪽에 느껴진 후끈한 느낌이다.

'천 조각?'

그렇다.

갑자기 적천경의 걸음을 멈추게 한 건 엄청나게 길고 하늘거리는 천 조각이었다. 느닷없이 엄청난 공간을 화살처럼 가로질러와 그의 뺨에 통렬한 일격을 가한 것이다.

물론 그것만으로 끝일 리 없다.

흔들.

마치 생명이 있는 연체동물처럼 순간적으로 휘어져 파고드는 천 조각을 피하기 위해 적천경이 신형을 옆으로 이동했다.

이형환위(移形換位)!

그러자 그가 남긴 흐릿한 분영이 천 조각에 단숨에 산산조각 났다. 박살 나 버렸다.

더불어 노송림 위를 가로질러 온 반라의 적발 여인.

엄청난 길이의 천 조각을 온몸으로 휘어 감더니, 하늘의 천녀처럼 바닥에 떨어져 내린다.

사락!

그대로 풀잎 위에 선다.

미세한 흔들림조차 남기지 않고서.

'고수! 그것도 신무도장을 뛰어넘을 정도다!'

적천경이 적발의 여인을 바라보다 자신도 모르게 멸천뇌운검의 검갑을 손가락으로 가볍게 건드렸다.

우웅!

그러자 일어난 나지막한 검명.

검기를 잃어버린 채 오랫동안 동면에 빠져 있던 멸천뇌운검의 녹슨 검신이 울음을 토해내기 시작했다. 마치 무심하게 자신을 방치했던 주인의 내심을 눈치채기라도 한 것처럼 말이다.

그때 적발의 여인이 도발적일 만큼 짙은 진홍의 입술을 나풀거리며 말했다.

"헤에? 꽤 잘 생겼잖아!"

"……."

적천경은 대답하지 않았다.

8장

미소 짓는 달빛

원무전(元武殿).

무당산은 본래 사라산, 태악, 대악으로도 불리워졌다. 원나라 대오룡령응만수궁비에 의하면 '양한 균방 부근에 산이 있어 그 둘레가 팔백리에 달하니…… 산의 이름은 태화였다. 한데 원무신이 이곳에서 득도하여 이름을 무당이라고쳤다. 원무신이 아니면 이 산의 기운을 감당할 수 없다'고 하였다. 하여 원무신이 차지하는 비중은 무당파에서 도가의 삼신을 뛰어넘었고, 그의 신상을 모신 사당은 바로 장문인의 거처였다.

당대 무당파의 장문인.

태극선검(太極仙劍) 현무진인(玄武眞人)의 노안은 눈에 띌 만큼 흐려져 있었다.

그의 눈앞에 누워 있는 한 구의 시신.

원무전의 장엄한 내부를 은은하게 메우고 있는 향연이 드리워져 있는 이는 당대의 진무각주 신무, 바로 의발을 전하고자했던 장문 제자였다.

그래서 자신과 마찬가지로 '무(武)'란 도명을 주었다.

사형이자 당대 무당파 제일의 고수인 대장로 현허진인을 뛰어넘는 무를 이루길 바라는 소망이었음이다. 그래서 자신의 자괴감을 깨끗이 씻어주길 바랬다.

그런 면에서 제자 신무는 최고였다.

더할 나위 없이 훌륭하게 자신의 소임을 다했다.

최연소로 칠성검수가 되었고, 곧 진무각주의 자리마저 차지했다.

무당파를 대표하는 십검!

십 년이 가기 전에 분명 그곳의 가장 윗자리에 오를 터였다.

그렇게 믿고 있었다. 의지했다.

'신무야! 한데 어찌 시체가 되어 돌아왔더란 말이냐? 어찌 이 사부의 가슴에 대못을 박는 것이야…….'

부들!

현무진인의 손끝이 절로 떨려 왔다. 제자 신무의 싸늘하게 식어 있는 시신을 보고 너무 비통하여 일시 혼절할 것만 같았다.

아니다.

그는 그럴 수 없었다.

남존무당을 책임지는 위치, 바로 장문인이란 직위가 그의 이성을 강하게 붙잡았다. 조금치의 흐트러짐도 용납하지 않았다. 그렇게 자신을 다잡았다.

"구손! 밖에 있느냐?"

원무전 밖에서 구손의 낭랑한 목소리가 들려왔다.

"구손, 줄곧 장문인의 부름을 기다리고 있었습니다."

"신무의 죽음에 대해 하나도 빠짐없이 말하라!"

"그보다 먼저 하실 일이 있으신 듯합니다."

"신무가 죽었다. 그보다 더 급한 일이 있더냐?"

"우인혜 사매가 이미 오래전부터 기다리고 있었습니다."

"그 아이가 어째서 자소궁에 왔더냐?"

"직접 만나서 대답을 들어보시는 게 옳지 않겠습니까?"

"……"

우인혜를 도적에서 제명하고 자소궁 밖으로 내친 게 바로 현무진인이었다.

다시는 자소궁에 발을 들이지 말고 죽은 듯 살라했다.

장문령으로 그리했다.

한데, 그런 그녀가 갑자기 자소궁에 왔다. 자신의 목숨을 내놓을 각오를 할 만큼 중한 일이 벌어졌다는 뜻일 터였다.

잠시의 침묵 끝에 현무진인이 원무전을 벗어났다.

한줄기 미풍처럼 가볍게 너른 대전을 가로질러 정갈하게 놓인 돌계단을 뛰어내렸다.

움찔!

우인혜가 단숨에 자신의 앞에 이른 현무진인을 보고 안색을 가볍게 굳혔다. 여전히 그의 눈가에 남아 있는 그늘이 그녀의 작은 가슴을 옥죄어 온다.

"제자, 우인혜가 장문인을 뵈옵니다!"

"말하라!"

얼른 허리를 숙이려던 우인혜가 다시 움찔했으나 곧 평온을 되찾았다. 이러한 현무진인의 성품, 오래전부터 익숙하다. 전혀 달라진 것이 없다.

"제자가 보기에 대천강진세에 커다란 허점이 발견된 듯싶사옵니다!"

"어떤 점이 그러하더냐?"

"무당 제자들이 죽어나가기 시작했습니다. 필경 금마옥을 탈출한 악적들 중 진법에 조예가 깊은 자가 있을 것이라 사료됩니다."

"단지 그뿐이더냐?"

"……."

무심한 현무진인의 물음에 우인혜가 안색을 굳혔다.

사실 그녀는 적천경에게 사형 신무도장에 관한 얘기를 듣고 자소궁에 온 터였다. 이미 그의 죽음을 알게 된 터에 다시 현무진인에게 추궁을 당하자 일시 말문이 막혔다. 여전히 호검관주의 제자로 여기고 있는 적천경에 대한 사항은 까맣게 잊어버리고 말았을 정도였다.

그러자 한편에 물러서 없는 듯 서 있던 구손이 끼어들었다.

"장문인, 신무 사형은 손님과 함께 자소궁으로 향하던 중이었습니다."

"해서?"

"그 손님이 중간에 자취를 감췄습니다."

"대천강진세 안에서 말이더냐?"

자신 쪽을 향한 현무진인의 추상같은 시선에 구손이 고개를 숙여보였다.

"그렇습니다. 본래 신무 사형이 무당을 떠났던 건 칠성보검과 함께 행방불명된 현허 대장로님을 대신해 대천강진세의 불완전한 천원을 책임질 은거기인을 찾기 위함이었던

터. 그 손님이 바로 신무 사형이 모셔 오려한 은거기인이
아닌지요?"

"그건……."

현무진인이 즉답을 피한 채 노안을 가볍게 찌푸려 보였
다.

눈앞의 구손은 학도다.

비록 진법에 대한 재능이 탁월하여 근래 대천강진세의
보강을 지시했으나 호검관주 적천경과 관련된 사항까지 말
해 줄 순 없었다.

그의 존재는 그야말로 당금 무림 제일의 비밀이었다. 신
마혈맹의 갑작스러운 패망과 직접적으로 관련된 인물인 때
문이다. 적어도 이번에 그를 천거한 황금왕 황대구에게 전
해들은 바론 그러했다.

그때 잠시 고요만이 머물러 있던 원무전 앞으로 급박한
표정의 청년 도사들이 달려왔다. 무당십검 중 한 명인 남암
궁주 추풍명월검(秋風明月劍) 이월명의 제자들이었다.

*   *   *

대략 삼십 대 초반쯤 되었을까?

석양과도 같은 붉은 머리.

하얀 천으로 휘감긴 팔등신의 늘씬한 몸매를 지닌 여인에게선 기묘한 기운이 뭉클거리며 뿜어져 나오고 있었다.

살기? 기세?

어떤 것이 되었든 결코 평범치 않다.

그냥 대치하고 있는 것만으로도 사람의 진을 쏘옥 빨아먹을 듯하다. 적어도 평범한 사람이라면 그랬을 터다. 그런 쪽으로 꽤나 깊은 조예를 지닌 여인인 듯하니 말이다.

물론 적천경은 평범한 사람이 아니었다.

멸천뇌운검 역시 마찬가지다.

우웅!

우우우웅!

제멋대로 검갑 안에서 울음을 토하고 있는 검신의 진동.

손끝으로 전달되어져 오는 감각.

그 짜릿한 기운에 몸을 맡기자 흡사 혼백을 빨아들일 듯 바라보고 있는 여인의 눈빛조차 별개 아니게 된다. 어떤 것에도 흔들리지 않을 부동심이 된 것이다.

그러자 적발 여인이 재밌다는 표정이 되었다.

"호호, 역시 무당파의 말코는 아닌 거겠지?"

"소저가 바로 보셨소."

"소저?"

적발 여인이 적천경의 말에 어깨를 한차례 으쓱해 보이

곤 입가에 머물러 있던 미소를 지웠다.

"이놈! 내가 어떤 사람인지 알고 감히 그 주둥이를 놀리는 것이더냐!"

"대충 짐작하고 있소."

"대충 짐작한다?"

"소저는 금마옥을 탈출한 사람일 것이오. 아마 겉으로 보이는 외양보다는 훨씬 많은 나이를 먹었을 것이고."

"잘 아는구나! 그런데도 감히 내 앞에서 고개를 뻣뻣하게 세우고 있는 것이냐?"

"소저야말로 착각하고 있는 게 있소."

"착각?"

"그렇소. 소저와 마찬가지로 나 역시 겉으로 보이는 것과는 다른 사람이란 뜻이오."

"그게 무슨 소리냐? 설마 네가 전설상의 반노환동(返老還童)이라도 했다고 주장하고 싶은 건 아닐 테지?"

적천경이 어깨를 가볍게 추어 보였다.

"설마 그 정도로 많이 나이를 먹었겠소?"

"하면?"

"단순하오. 나는 채양보음(採陽補陰) 같은 사술로 젊음을 유지하고 있는 소저가 하대를 할 만한 사람이 아니란 뜻이오."

"뭐라……."

적발 여인이 기가 막히다는 듯 반문을 던진 것과 동시였다.

스파앗!

일순 발끝에 기력을 모은 적천경의 신형이 섬전과도 같이 적발 여인을 덮쳐 갔다.

일보축지!

그 다음은 발검이다.

어느새 폭발할 것처럼 요동치기 시작한 멸천뇌운검을 빼서 적발 여인을 일도양단해 갔다. 찰나 간에 검신합일을 뛰어넘는 검기(劍技)를 펼쳐낸 것이다.

그러나 적발 여인의 정체는 적발혈염 백요란!

천면귀마, 청면호, 백자살홍 이서극등과 함께 과거 신마혈맹이 자랑하던 십팔마존 중 한 명이었다.

엄밀히 말해 금마옥에 갇혀있던 마두들 중 적사멸왕 사백령 다음의 거물이라 할 수 있었다.

번뜩!

적천경의 멸천뇌운검이 공간을 가로지른 순간.

백요란의 신형이 갑자기 자취를 감춰버렸다. 잔영조차 남기지 않고 공간 이동을 해버렸다. 일반적인 방향 전환을 월등히 뛰어넘는 신법이다.

당연히 그것만으로 끝일 리 없다.

패앵!

일시 적천경의 귓전을 아프게하는 기음과 함께 예의 천 조각이 날아들었다.

'직선이 아니라 곡선인데도 이런 속도라니! 이번에는 얼얼한 정도론 끝내지 않겠다는 뜻이겠지?'

이런 공격, 이미 한차례 맛봤다.

다시 허용하고 싶은 생각은 없었다.

근접도 하기 전에 등줄기가 저릿해 온다. 살기다. 단숨에 목숨을 끊어 놓겠다는 의지일 터였다.

츄아악!

적천경이 무릎을 살짝 굽히며 발끝으로 바닥을 긁어내렸다.

신법의 변환이다.

앞으로 튀어나가려던 몸을 제동하고, 회전시킨다. 그렇게 함으로써 어느새 뒤통수까지 급박해 든 천 조각의 일격을 피해 낸다. 진득한 살기를 흘려낸다.

그리고 휘저어진 멸천뇌운검!

쩡!

천 조각과 부딪쳐 쇳소리를 일으킨다.

불꽃과 함께 튕겨 나온다.

마치 두꺼운 철판이나 만 근의 거암을 때린 것이나 다름
없다.

'호흡!'

적천경의 미간이 살짝 찡그려졌다.

오랜만에 검을 뽑았다.

마음껏 검로를 펼쳐서 백요란을 공격했다.

하지만 전혀 예전과 다르다. 절반은커녕 십분지 일도 위
력을 발휘하지 못한다.

호흡의 문제다.

과거 멸천뇌운검이 검기를 상실했을 때.

같이 잃어버린 완벽한 검로와 호흡.

전혀 일치하지 못하고 있다. 마음은 그때와 다름없는데
몸이 따라주질 못한다. 아내 소연정을 만나 목숨을 건지긴
했으되, 무공까지 회복할 순 없었던 것이리라.

지난 칠 년.

호검관주로 살아온 평온한 삶 역시 영향이 있을 터다.

그동안 이 정도의 초절정급 고수와 목숨을 걸고 싸운 적
이 없었다. 손에 잡혀 있는 녹슨 검과 마찬가지로 실전 감
각 자체가 완전히 녹이 슬어버렸다.

하지만 어쩌랴.

지금 와서 안타까운 탄식을 내뱉어 봤자 소용없다.

휘리릭!

멸천뇌운검과 함께 주춤거리며 물러선 적천경의 목으로 천 조각이 휘감겨 들어왔다.

검조차 튕겨 낸 천 조각이다.

강력한 내기로 보호되어 강도가 강철을 능가한다.

아마 목을 조르는 게 아니라 댕강 잘라 버릴 터였다.

스륵!

적천경이 다시 무릎을 굽혔다.

이번에는 방향 전환을 위해서가 아니다.

멸천뇌운검으로 목을 노리는 천 조각을 일차적으로 방비한 후 발끝을 위로 올려 찼다.

목표는 멸천뇌운검의 검신.

쩡!

적천경의 발끝에 담긴 기력까지 더해진 멸천뇌운검이 천 조각과 부딪치며 다시 날카로운 쇳소리를 냈다. 여전한 반탄력이다. 하지만 이번에는 물러나지 않는다. 밀어 올렸다.

데구르르!

이어 신형을 바닥으로 내던진 적천경이 가까스로 천 조각의 공격으로부터 벗어났다. 어렸을 때 전장을 전전하며 습득한 위기대처 능력을 십분 발휘한 것이다.

그러자 이번에는 백요란이 전면에 나섰다.

스스슥!

예의 공간 이동이나 다름없는 쾌속한 신법으로 적천경에게 다가들더니, 기다랗고 늘씬한 다리를 내리찍었다.

적천경이 펼쳤던 전장의 임기응변과는 완전히 다르다.

천 조각의 공격보다 월등히 강력한 퇴법!

순식간에 발끝을 쭈욱 뻗더니, 발뒤꿈치와 측면, 안팎을 모조리 사용해 적천경의 상반신 전체를 노린다. 아예 수십 개나 되는 각영을 만들어 낸다.

그러나 본래 이 같은 퇴법은 한 가지만을 사용하면 매우 불리한 상황에 처할 수 있다. 상대에게 매우 강력한 일격을 가할 수 있는 반면, 불시의 반격을 당할시 방어가 용이치 않기 때문이다.

타상취하(打上取下).

타하취상(打下取上).

그래서 위를 때리면 밑을 취하고, 밑을 공격하면 위를 취해야만 한다. 눈을 손으로 공격하면 상대는 이것을 막아야 한다. 이 때문에 다른 공격을 생각하지 못한다. 이를 노려서 낭심을 공격하는 것이다.

이게 취안요음퇴(取眼寮陰腿)이고, 상영하축(上影下蹴)에 성동격서(聲東擊西)이다. 병법의 이론을 바탕으로 한 기법의 설명이었다.

즉, 공격과 방어는 항시 같이 이뤄지고 상대의 신경을 다른 곳으로 분산해야만 한다. 그래야만 공격이 실패했을 경우 상대의 역공으로부터 스스로를 방비할 수 있다.

단! 이번 경우는 사정이 조금 달랐다.

백요란은 적천경이 예상보다 약하다 여겼다. 보신경은 제법이었으나 녹슨 검에는 변변찮은 검기조차 실리지 않았다. 그냥 좀 빠르게 반응을 보인 게 전부였다.

당연히 그녀는 이번 공격에 확신이 있었다.

백화요란(百花搖亂)!

백화가 일제히 만개한 듯 흐드러진 꽃잎 같은 각영에 적천경은 필시 목숨을 부지할 수 없을 터였다. 그만큼 압도적인 우위를 차지했다고 여겼다.

그게 실수였다.

아주 큰 착각이었다.

적천경은 결코 그녀보다 약한 무위를 지닌 사람이 아니었다.

칠 년 전의 갑작스러운 무공 하락을 감안해도 그러했다.

단지 그는 오랜만의 실전으로 자신의 능력을 확실하게 가늠치 못하고 있었다. 예전처럼 완벽하게 모든 동작을 제어할 수 없음을 몰라서 기습을 허락하고 말았다.

하지만 생사의 간극에서 그는 금세 적응했다.

투욱!

갑작스레 몸을 일으키려던 자세를 다시 무너뜨린 적천경이 백화요란의 현란한 각영 속으로 파고들었다. 단숨에 빈틈을 노려 백요란에게 반격을 가한 것이다.

텅 비어 있던 상반신이 목표!

"어엇!"

과연 먹혔다.

적천경의 철산고에 일격을 허락한 백요란이 날카로운 신음과 함께 가냘픈 신형을 크게 흔들거렸다. 강대한 내경으로 몸 전체를 보호하고 있었음에도 내장이 진동할 만큼의 타격을 입었음이다.

그래도 과연 초절정의 고수다.

곧이어 백요란의 족퇴가 적천경의 뒤통수를 노리며 파고들었다.

완벽한 사각이다.

단숨에 상황을 재역전시킬 만한 일격이다.

그러나 그때 다시 적천경의 멸천뇌운검이 회전을 보였고, 백요란의 족퇴는 공격을 포기해야만 했다. 다리를 잃어버릴 위험을 감수할 수는 없었기 때문이다.

슥!

스슥!

그와 함께 서로간의 간격을 벌린 두 사람.

멸천뇌운검을 아무렇게나 내려뜨린 적천경을 살피는 백요란의 눈빛이 무섭다.

"그 폐검은 뭐냐? 그런 걸로 날 상대할 수 있다고 여기는 것이냐!"

"발차기는 상대가 상상하지 못하는 방향에서 공격해야 하며 이것을 자결로는 찬(鑽)이라 하오."

"뭔 흰소리냐?"

"또한 퇴격(腿擊)은 그 위력이 강대한 반면에 다리를 길게 뻗은 탓에 접는데 시간이 걸리오. 따라서 간단한 반격에도 걸려 중심을 잃게 되니, 퇴격은 상대의 하단을 공격하는 중요 수단으로 쓰일 때 비로소 그 진가를 발휘하게 되는 것이오."

"이 자식이 듣자듣자 하니까……."

"그 같은 기본도 모르고 내게 감히 퇴법을 날린 것만으로 소저의 패배는 결정 난 것이었소."

"……패배?"

"그렇소. 목숨을 건지고 싶다면 당장 은밀한 곳으로 떠나서 운기조식에 들어가는 편이 좋을 것이오."

"……."

적천경의 담담한 말에 다시 발끈하려던 백요란의 안색이

갑자기 딱딱하게 굳었다.

미묘하게 느껴져 오는 가슴의 답답함.

하단전으로부터 중단전으로 향하는 경로의 진기 역시 평소와 달리 불순해졌다. 어째선지 흐름 자체에 문제가 발생해 버린 것이다.

'설마 그때 어깨에 부딪친 것 때문에 이렇게 된 건가?'

언뜻 떠오른 철산고의 일격!

일시 기혈이 끓어올랐으나 곧바로 호신강기가 발동했다. 이렇게 확연히 느껴질 만큼 심한 내상을 당했을 리 만무하다. 강격이긴 했으나 내가중수법 같은 것하곤 거리가 먼 일격이었으니까.

게다가 그녀의 내공은 신마혈맹 십팔마존 중에서도 선두권이었다.

설혹 다소의 내상을 입었다 해도 얼마든지 견딜 수 있었다.

십성의 내공 전체는 필요 없었다.

단 오성가량만 사용해도 눈앞의 건방지고 재수 없는 애송이를 박살 낼 자신이 있었다. 분명 그랬다.

한데, 그 같은 생각과 함께 다시 적천경을 덮쳐가려던 백요란의 미간이 살짝 찡그려졌다.

귓전으로 파고든 소성.

살갗을 저릿하게 만드는 기파.

방금 전까지 그녀가 요리하고 있던 남암궁의 주인 추풍명월검 이월명과 거의 비등하다. 그런 존재가 무려 세 명이나 이곳을 향해 다가들고 있었다. 아주 빠르게.

'망할! 무당파의 노털들이 이리 빨리 알아챘을 줄이야! 아쉽지만 오늘은 여기까지인가?'

백요란이란 여자.

계산이 빠르다.

결단력 역시 있었다.

"새끼, 오늘 운 좋은 줄 알아!"

"……."

적천경에게 한마디를 던진 백요란이 인상을 쓴 채 신형을 뒤로 빼냈다. 예의 공간 이동과도 같은 신법을 발휘한 것이다.

그리고 저 너머 모습을 드러낸 십수 명의 도사들.

그중 최선두는 노도사.

무당파를 대표하는 십검에 속한 장로들이다.

장문인 현무진인의 지엄한 장문령을 받들어 도관에서의 수도를 깨고 남암궁에 모습을 드러냈다. 각기 다른 종류의 근심과 격정을 드러내면서 말이다.

"늦잖아!"

적천경의 입에서 가벼운 툴툴거림이 흘러나왔다.

*   *   *

털썩!

적천경은 아무렇게나 침상에 몸을 뉘었다.

검갑 안의 멸천뇌운검.

여전히 녹슬어서 당장이라도 부서질 듯하던 검신은 여전히 미미한 떨림을 일으키고 있다.

검기를 회복하려는 건가?

전혀 아니다.

그냥 본능적인 환희의 울림이다. 오랜만에 세상에 모습을 드러내 마음껏 자신의 위세를 자랑한 기쁨을 있는 대로 발산하고 있었다.

물론 단지 그뿐이다.

곧 미세한 떨림은 그쳤고, 여전히 과거의 절대적인 검기역시 일으키지 않았다. 그냥 조용히 잦아들었다. 마치 주인인 적천경처럼 말이다.

그래서 더 아쉽다.

오랜만에 만난 초절정 고수다.

그렇게 멀뚱하게 보내줘선 안 되었다. 과거처럼 미치도

록 싸워봐야만 했다.

'뭐, 그렇게 하고도 별다른 변화가 없었을지도 모르겠지만……'

내심 아쉬움에 입맛을 다신 적천경이 손가락으로 멸천뇌운검의 검갑을 가볍게 쓸었다.

동병상련(同病相憐)이다.

같은 처지에 위로라도 해야 할 터였다.

그때다.

낡은 방문의 밖에서 맑고 부드러운 여인의 목소리가 들려왔다. 우인혜이다.

"적 도우, 잠시만 실례해도 될까요?"

'적 도우? 낮과는 호칭이 달라졌군. 말투도 꽤 부드러워졌고.'

낮에 만난 우인혜는 도사라기보다는 황조경과 비슷한 강호의 여협에 가까웠다. 부드럽게 상대에게 권하기보다는 칼을 먼저 날릴 듯한 여장부였다.

하지만 이곳은 자소궁.

남존무당의 중심부이니, 예전처럼 적천경을 대할 수 없음도 이해할 만 하다.

덜컥!

적천경이 문을 열고 밖으로 나섰다.

어느새 주변은 어둠이 가득하다. 초저녁을 훌쩍 지났다.

흐릿한 초롱불을 든 우인혜의 청초한 얼굴을 확인한 후 적천경이 슬쩍 고개를 숙여 보였다.

"늦은 시각까지 고생하셨소."

우인혜의 눈에 이채가 어린다.

"흡사 제가 적 도우를 찾아온 이유를 알고 있는 듯한 말씀이시군요?"

"장문인께 날 데려가기 위해 온 게 아니오?"

"그건…… 맞아요."

"그럼 갑시다."

"……."

잠시 적천경을 바라보며 뭔가 할 말이 있는 듯하던 우인혜가 천천히 신형을 돌려세웠다.

오늘, 무당파는 꽤나 긴 하루를 보냈다.

무당파를 대표하던 십검 중 한 명인 신무도장을 비롯한 제자 십수 명을 잃었고, 또 다른 십검에 속한 남암궁주 이월명 역시 중상을 당했다. 신마혈맹과의 정사대전이 끝난 이래 최악의 피해라 할 수 있을 터였다.

적천경.

죽은 신무도장과 함께 무당파에 온 사내.

그는 오늘 벌어진 모든 일과 연관되어 있었다. 사문에 큰 죄를 짓고 도적에서마저 삭제된 우인혜로선 함부로 단정 지을 수 없는 존재인 것이다.

원무전.

제자 신무의 시체가 치워진 자리를 홀로 지키고 있던 현무진인이 반개하고 있던 눈을 떴다.

담담한 물빛 눈동자 속에 담겨진 그늘.

얼마 전까지 향연 속에 신무가 뉘어져 있던 자리를 잠시 머물다가 문 쪽을 향한다.

"늦은 시간에 불러서 미안하게 되었소이다."

"신무도장께서 변을 당했다는 얘기를 들었습니다. 함께 하지 못한 점, 죄송하게 생각합니다."

"그 뜻은…….."

"제가 호검관의 적천경입니다."

적천경의 담담한 말에 현무진인의 노안이 가벼운 흔들림을 보였다.

— 호검관주 적천경.

과거 정파의 중심인 정천맹을 멸망 직전까지 몰아붙였던 신마혈맹의 갑작스러운 패퇴와 깊은 관련이 있는 자다. 적어도 황금왕 황대구는 그리 말했다.

그래서 칠성보검과 함께 종적을 감춘 현허진인을 대신할 사람으로 초빙했다. 무당파의 십검 중 한 명이자 장문 제자인 진무각주 신무와 일곱 명의 칠성검수를 보내는 예의를 다해서 말이다.

한데, 눈앞의 이 사내, 예상과 꽤 다르다.

안광조차 느껴지지 않는 눈빛.

잘생긴 얼굴이긴 하나 아무리 많게 봐줘 봐야 서른을 넘지 못한 나이에 변변찮은 기도조차 발하지 못한다.

어느 모로 보든 천하를 뒤흔들만한 영웅의 기상은 없다. 천하제일의 신비인이자 은거기인이라 불리는 호검관주라 믿기지 않는다. 첫 인상만으로 그런 생각이 들었다.

하지만 그런 자가 어찌 대천강진세의 내부를 제멋대로 휘젓고 다닐 수 있었을까. 자소궁의 바로 코앞까지 홀로 들어와 우인혜를 구하고, 남암궁의 경내로 뛰어들어 남암궁주 추풍명월검 이월명의 제자들을 단숨에 제압할 수 있었을까.

백요란에게 채양보음을 당한 정신적인 충격으로 폐인이된 이월명을 떠올리며 현무진인이 입가에 한숨을 매달았다. 오늘 벌어진 일련의 사건 중 자신의 손길이 닿지 않는게 너무 많다는 생각이 든 까닭이었다.

'하긴 이는 현허 사형이 칠성보검과 함께 행방불명이 된 것부터 따지고 들어가야 할 일일 테지……'

내심 고개를 저어 보인 현무진인이 적천경에게 말했다.

"호검관주라 하니, 빈도가 한 가지 질문해도 되겠소이까?"

"말씀하시지요."

"구손에게 들으니 호검관주는 자소궁으로 오르던 중 갑자기 진세 속으로 홀로 뛰어들었다고 했소이다. 그리고 다음에 모습을 드러낸 곳은 자소궁 부근. 어찌 그럴 수 있었던 것이외까?"

"구손도장의 덕분입니다."

"구손의 덕분?"

"구손도장은 진법에 대한 조예가 무척 깊으시더군요. 진세 안에 들어선 후 그분에게 많은 배움이 있었습니다."

현무진인의 노안이 찌푸려졌다.

"구손이 대천강진세의 파훼법을 말해 줬단 말이외까?"

"그렇진 않습니다. 구손도장은 그냥 진세 안으로 본인과 신무도장을 안내했을 뿐입니다."

"하면 설마…… 호검관주는 구손의 안내만으로 대천강진세의 파훼법을 깨달은 것이외까?"

"그냥 약간의 허점을 발견했을 뿐입니다. 중간에 길을

잃어 귀파의 우인혜 소저한테 도움을 요청한 건 바로 그 때
문이지요."

"허!"

현무진인의 입에서 가벼운 탄성이 흘러나왔다.

— 대천강진세!

이 위대한 대자연진세는 조사인 장삼봉 진인 이래 단 세
차례만 펼쳐졌고, 모두 무당파의 존립이 위협받을 만한 위
기 상황이었다. 천하의 어떤 진법가라 해도 허실을 꿰뚫어
보기 힘들고, 설혹 그럴 수 있다 해도 적천경처럼 홀로 진
세 속을 헤집고 다닐 순 없을 터였다. 완벽하다면 말이다.

'천원! 역시 천원이 비어 있는 게 문제로다!'

현무진인이 칠성보검과 함께 행방불명된 사형 현허진인
을 다시 떠올렸다. 평생에 걸쳐 은연중 의지해 왔던 그의
부재가 너무나 깊게 가슴 한편을 짓눌러왔다.

잠시뿐이다.

곧 무당파 장문인으로서의 자존을 회복한 현무진인이 화
제를 바꿨다.

"하면 호검관주는 어찌 남암궁으로 향하신 것이외까? 또
한 그곳에서 무엇을 하셨던 것이외까?"

"이미 장문인께서도 아시지 않습니까?"

"……."

"염려 놓으십시오. 저는 그곳에서 벌어진 일에 대해 반드시 함구할 작정이니까요."

'이자…….'

현무진인이 내심 적천경을 다시 찬찬히 살피곤 깊은 한숨과 함께 자리에서 일어서 정중하게 허리를 숙여보였다. 비로소 적천경을 자신이 기다리던 호검관주로 인정한 것이다.

"호검관주의 배려에 빈도, 무당을 대신해 감사드리겠소이다."

"별말씀을."

"밤이 늦었소이다. 그럼 이만 처소에서 쉬도록 하시지요."

"그러지요. 그런데 외람되지만 한 가지 부탁드려도 되겠습니까?"

"말씀하시지요."

"제 정체에 대해선 향후 장문인께서만 아시는 걸로 했으면 합니다. 그래주실 수 있겠습니까?"

"빈도는 이미 호검관주에게 큰 빚을 지었소이다. 뜻하신 대로 해 드리리다."

"고맙습니다."

현무진인에게 살짝 고개를 숙여 보인 적천경이 신형을 돌려 원무전을 떠나갔다.

그런 그를 향하는 눈동자의 흔들림.

문득 현무진인이 주먹을 꾸욱 쥐었다. 방금 전까지 수중에서 푸른빛 륜형을 그리고 있던 태청강기(太淸罡氣)의 여운을 느끼며 천천히 고개를 저어 보였다.

호승심 따위가 아니다.

확신을 얻기 위함이다.

온통 신비로 점철된 적천경의 진정한 무위와 무공이력을 확인해야만 했다.

하지만 그는 제자 신무가 데려온 무당파의 귀빈이었다. 현허진인을 대신할 천원의 대체자였다. 이런 식으로 무례를 범할 순 없었다. 아직은 아니었다.

'시간은 많다. 아직은……'

내심의 뇌까림과 함께 태청강기가 현무진인의 손안에서 천천히 자취를 감췄다.

＊　　　＊　　　＊

쭈뼛한 느낌이랄까?

원무전을 떠나며 밤의 대기에 몸을 내맡긴 적천경이 문 득 야천을 향해 고개를 치켜올렸다.

흐릿한 달빛, 자신을 향해 미소를 던진다. 마치 용기를 북돋아 주는 것처럼.

아니다.

달빛이 미소 짓는 건 그만이 아니었다.

저 멀리 큼지막한 도관 부근에서 서성거리고 있는 그림 자 하나.

섬세한 몸매와 익숙한 얼굴.

우인혜다.

그를 원무전까지 인도해온 후 꽤 긴 시간이 지났음에도 부근을 떠나지 않고 있었던 것이리라.

"우 소저 날 기다렸던 것이오?"

"……."

적천경이 먼저 아는 체를 해 보이자 우인혜의 두 볼이 살 짝 부풀어 올랐다.

화가 났음인가?

그보다는 당혹감을 숨기기 위함이라함이 옳겠다. 이런 식으로 적천경에게 불리 울 줄은 몰랐기 때문이다.

'어째서 내가 자길 기다렸다는 걸 바로 알아차리는 건 데? 혹시라도 장문인께 문책 당할까봐 걱정했더니, 여전히

뻔뻔한 얼굴이잖아!'

내심 두어 차례 발을 굴러 보인 우인혜가 짐짓 싸늘하게 대꾸했다.

"적 도우, 처소로 모셔다드리겠습니다."

"굳이 그럴 필요는 없는데……."

"적 도우는 믿을 수 없는 사람이잖아요?"

"에……."

"그러니까 잔말 말고 날 따르도록 하세요. 또 마음대로 딴 곳으로 샜다가는 저번처럼 별일 없이 넘어가진 않을 테니까요. 알겠어요!"

"명심하겠소!"

"……."

적천경의 살짝 비굴해 보이는 대답에 우인혜가 콧잔등을 찡그려 보였다.

억지로 인상을 썼다.

그렇게라도 하지 않으면 당장 웃음이 터져 나올 것 같아서였다. 신성한 자소궁에서 그럴 순 없지 않겠는가.

꾸욱!

그렇게 주먹까지 쥐고서 웃음을 참아낸 그녀가 신형을 돌려 세우자 적천경이 얼른 뒤따랐다. 왠지 잔뜩 화가 나 보이는 모습에 더 이상 농을 걸 수 없게 된 것이다.

저벅! 저벅!

달빛의 미소 속에 두 사람은 말없이 걸음을 옮겼다. 누구하나 입을 열지 않았다. 왠지 그럴 수 없는 분위기였다.

한데, 적천경의 처소로 정해진 빈객청을 얼마 남기지 않았을 때였다.

우뚝!

갑자기 걸음을 멈춘 우인혜가 적천경을 매섭게 노려봤다. 눈초리가 어느새 하늘을 향하고 있다.

"내게 할 말 없나요?"

"할 말이라니 무슨······."

"비겁한 인간!"

"······헛!"

적천경이 느닷없이 자신에게 날아든 장영을 보고 헛바람을 들이켰다.

— 천(穿), 환(換), 개(開), 합(合), 개(蓋), 도(挑), 핍(逼), 연(研)······.

커다란 원으로 걸으며 장(掌)이 회전한다.

여덟 가지 장법이 이치에 맞게 발(發)하여 지니, 순식간에 오행생극(五行生剋)에서 뜻을 취하고, 팔괘는 음양생화

(陰陽生化)에서 이치를 얻는다.

퍼퍼퍼퍼퍽!

순식간에 여덟 개의 손그림자에 전신이 휘어 감겨진 적천경이 신형을 연신 비틀거렸다.

한 걸음, 두 걸음, 세 걸음…….

그는 무려 여덟 걸음에 걸쳐 뒤로 물러섰다.

자신을 휘어 감고 원운동을 그리며 날아드는 장영에 떠밀려 일시 손발이 모두 어지러워져 버렸다. 완전히 무방비 상태가 되어 버리고 만 것이다.

털썩!

그리고 넘어진다.

어처구니없는 표정을 한 채 항변한다.

"우 소저, 나한테 왜 이러시는 거요?"

'정말?'

우인혜가 입을 가볍게 벌렸다. 설마 적천경이 자신의 평범한 팔괘연환장(八卦連環掌)조차 받아내지 못할 줄 몰랐기 때문이다.

달빛.

여전히 두 사람을 향해 미소 짓고 있을까?

9장

무당파 최후의 날!

까닥! 까닥!

적발혈염 백요란은 팔베개를 한 채 드러누워 하늘을 향해 발끝을 연신 치켜올리길 반복하고 있었다.

그럴 때마다 슬쩍슬쩍 드러나는 새하얀 허벅지.

백요란의 주변에서 제멋대로 늘어서 있던 금마옥 출신 마두 몇 명의 눈에서 흉광에 가까운 기운이 뻗쳐 나왔다. 당장이라도 그녀에게 달려들어 오랫동안 굶주려 왔던 색욕을 풀고 싶어서 안달이 난 모습들이다.

물론 그럴 수는 없다.

백요란은 그들 모두가 달려들어도 이길 수 없는 상대다.

아예 수준 자체가 다른 존재!

존엄하기까지 한 신마혈맹의 십팔마존 중 한 명이었다.

금마옥을 탈옥한 지금에 와선 죽기로 따라야하는 주군이 되었고 말이다.

그래도 자꾸 눈길이 간다.

마른침을 꼴깍꼴깍 삼켜가면서 곁눈질을 해댄다. 참기 어려운 욕망에 마구 괴로워한다.

단 한 명 그렇지 않은 자가 있다.

백요란에게서 몇 걸음 떨어지지 않은 장소에 엎드려 있는 추악한 외모의 꼽추. 금마옥에 있을 당시부터 단 한 번도 자신을 드러낸 적이 없던 삼류 떨거지. 여태까지 살아서 금마옥을 탈옥까지 한 게 신기할 만큼 존재감이 없던 자.

그런 곽채산이 제 발로 찾아왔다.

자신을 적사멸왕 사백령의 제자라 한다.

'역시 아깝단 말야! 그렇게 매끈하게 생긴 사내새끼는 정말 오랜만에 봤는데 말야…….'

하늘 위를 유유히 흘러가는 구름 하나.

점차 형상을 갖추는 듯하더니, 환하게 미소 짓는 사내의 얼굴로 화한다.

적천경.

금마옥을 탈옥한 후 처음 만난 미남자였다.

몸매도 잘 빠졌고, 키도 적당하고, 속눈썹마저 길다.

무엇보다 말할 때 살짝살짝 드러나곤 하던 하얀 치열이 마음에 들었다.

상황만 여의치 않았다면 어떻게든 제압해서 풀숲으로 끌고 갔을 터였다. 그래서 몸을 홀딱 벗긴 후 하루 종일 안고서 운우지락의 즐거움을 알려줬을 터였다.

까닥!

다시 백요란의 다리가 허공을 향해 움직였다.

다 소용없는 짓이다.

현실은 그냥 시궁창이었다.

금마옥을 빠져나온 그녀가 안은 건 좀스럽게 생기고 노털 냄새 풀풀 풍기던 남암궁주 이월명뿐이었다. 무당파의 십검답게 제법 내공은 출중했으나 그게 다였다. 목표로 했던 자소봉 일대에 펼쳐져 있는 괴상망측한 진세의 파훼법은 알아내지 못했다. 실패했다.

까닥!

"쌍! 진짜 돌아버리겠네!"

갑자기 버럭 소리를 지른 백요란이 다리를 활짝 벌렸다. 그리고 여전히 부복을 풀지 않고 있는 곽채산의 뒤통수에 요염한 시선을 던진다.

"나한테 볼일이 있다고?"

곽채산이 그제야 시선을 바닥에서 떼어 냈다.

"그렇소."

"말해 봐!"

"먼저 한 가지 약조를 해줘야겠소."

"약조?"

백요란이 코웃음을 친 것과 동시였다.

철컥! 철커덕!

두 사람에게서 가장 가까운 곳에 머물러 있던 두 마두가
바람같이 달려들었다.

한 쌍의 혈겸(血鎌)!

당장이라도 핏물을 뚝뚝 떨어뜨릴 듯하다.

낭아곤(狼牙棍)도 있다.

수십 개가 넘는 삐죽한 송곳이 당장이라도 목울대를 긁
어버릴 듯하다.

그렇게 단숨에 곽채산은 사경에 처했다.

이제 백요란이 한 차례 고개를 끄덕이며 허락의 눈빛만
던지면 그의 목숨은 끝장이 날 터였다. 분명 그랬다.

그러나 백요란은 그리하지 않았다.

대담하게 자신을 향한 눈빛.

과거완 전혀 다른 곽채산의 기개가 그녀의 흥미를 자극
했다. 이런 식의 눈빛은 적천경을 제외하곤 꽤나 오랜만이

다. 얼굴은 완전히 다르지만 말이다.

까닥!

백요란의 발끝이 다시 움직임을 보였고, 두 마두가 마병과 함께 물러섰다.

휘릭!

그것만으로 끝일 리 없다.

일순 백요란이 뼈가 없는 연체동물처럼 늘씬한 허리를 움직여 상반신을 일으켰다. 그렇게 곽채산의 바로 코앞까지 단숨에 얼굴을 들이밀어 갔다.

"말해 봐!"

"약조를 한 걸로 알겠소."

철썩!

백요란이 곽채산의 뺨을 때렸다. 입술과 코에서 피가 튄다.

"말해 보라구!"

곽채산이 핏물로 범벅이 된 얼굴을 소매로 쓱 훔치곤 말했다.

"사부님께서는 호북성을 벗어날 때까지 당신과 다른 자들이 명령에 따라주길 원하오."

"늙은이가 미쳤군!"

"이미 청면호와 백자살흉 이서극은 그러기로 했소."

"천면귀마는?"

'흥! 결국 네년도 천면귀마의 인피면구와 변장술을 필요로 하고 있었구나!'

곽채산의 눈 깊은 곳에서 차가운 기광이 번뜩였다.

그가 적사멸왕 사백령의 제자가 된 결정적인 이유.

바로 독심이었다.

어떤 상황에서도 굴하지 않는 의지와 철저하게 자신의 본심을 숨길 수 있는 지독한 밑바닥 근성이었다.

얼른 속내를 감춘 곽채산이 시선을 살짝 밑으로 숙인 채 말했다.

"천면귀마는 죽었소."

"죽어?"

"진세 속을 헤매던 중 무당파의 말코와 함께 동귀어진했소. 개죽음이었지."

"그래서였군."

"……?"

"네놈이 천면귀마 뒤를 계속 쫓아다닌 걸 내가 모르리라 생각하는 것이냐? 청면호와 백자살흉 이서극 역시 그 같은 사실을 알기에 네놈의 힘을 빌리기로 한 것일 테지. 아니다! 그밖에 무언가가 또 있겠군. 그게 뭐지?"

단숨에 전후의 사정을 꿰뚫어 보는 백요란을 향해 곽채

산이 감탄의 기색을 숨기지 않았다.

"당신은 정말 대단하군! 사부님께서 오로지 백요란 당신만을 높게 본 이유를 알겠어!"

"말이나 해!"

"사부님께서는 이번 기회에 아예 무당파를 몰살시킬 작정이오."

"무당파를 몰살시켜?"

"그렇소. 현재 사부님께서는 금마옥에서 무당파의 고수들을 잔뜩 붙잡아 놓고 있소. 그리고 무당파는 자소봉에 펼쳐 놓은 진세를 유지하기 위해 엄청난 전력을 밖으로 돌려 놓은 상태니까……."

"빈집을 털자?"

"그렇소. 자소궁을 몰살시킨 후 불을 질러서 무당파의 말코 녀석들을 끌어들이는 거요."

"그 후 금마옥에서 사백령 늙은이가 뛰쳐나와 놈들의 배후를 치려는 것이고?"

"완벽한 양동작전이오. 당신이 도와주기만 한다면."

"자소궁에 은밀히 잠입하기 위해선 필요한 게 있을 텐데?"

"내가 이미 인피면구 몇 개를 완성했소. 도사복 역시 있고."

"과연!"

백요란의 도톰한 입술꼬리가 슬며시 치켜올라갔다. 곽채산이 한 말이 꽤나 마음에 든 까닭이다. 일단은 말이다.

툭!

곽채산의 어깨를 가볍게 두들긴 그녀가 말했다.

"좋아. 호북성을 벗어나기 전까지 나는 사백령 늙은이의 명령을 듣겠다."

"옳은 판단이오."

"대신!"

툭!

또다시 곽채산의 어깨를 두들긴 백요란의 눈빛이 요사스럽게 물들었다. 그리고 엄습한 격통!

"끄억!"

곽채산이 입을 벌린 채 두 눈을 까뒤집었다.

금마옥에서 산전수전을 다 겪은 독심의 사나이.

그런 그조차 기함을 토하게 할 만큼 지독한 고통이 백요란의 손끝을 통해 주입되었다. 기경팔맥을 온통 뒤흔들어 놓더니, 단숨에 하단전이 위치한 기해혈(氣海穴)을 용암의 바다로 만들었다.

털썩!

결국 고통에 겨워 뒤로 나자빠진 곽채산을 내려다보며

백요란이 다정하게 웃어 보였다. 여전히 눈빛은 요사스럽다. 전혀 변한 것이 없다.

"축하한다! 네놈은 방금 전에 일갑자(一甲子)에 달하는 내공을 얻었다."

"어, 어떻게……."

"뭐, 잠시 동안일 뿐이지만 그동안 즐기도록 해. 혹시 알아? 내 기분을 잘만 맞추면 진짜 일갑자 공력을 계속 유지하게 해 줄지 말야?"

'……잠력격발(潛力擊發)! 삼지마인을 심어 놓은 이서극 놈처럼 이 망할 요녀가 내게 잠력격발을 걸었구나! 자신을 배신하지 못하게끔.'

잠력격발!

마도의 초절정급 고수만이 펼칠 수 있는 금단의 수법이다. 인간이라면 누구나 가지고 있는 생명력을 일거에 격발시켜서 순간적으로 내공 수위를 높이는 방법이었기 때문이다.

다만 백요란이 곽채산에게 펼친 수법은 더욱 고명했다.

채양보음술에 탁월한 능력을 지녔기에 자신의 내력을 실제로 몸속에 심어서 잠능을 꽤 오랫동안 유지시킬 수 있었다. 그래 봤자 수일간에 불과할 테지만.

꼭두각시!

그렇게 곽채산은 백요란의 충실한 종이 되었다. 분명 그녀는 그리 생각했다.

*   *   *

디링! 디링!

여전한 풍경 소리를 들으며 평소처럼 한 손에 바구니를 든 채 걷고 있던 우인혜의 안색이 굳었다.

저 멀리 보이는 잘생긴 얼굴.

자신을 향해 손까지 크게 흔들어 보이고 있는 적천경의 모습에 골치가 지끈거리며 아파왔다. 지난 이틀간 안간힘을 다해 피해 왔건만, 이렇게 딱 걸릴 줄은 몰랐다.

게다가 그는 환한 미소까지 띤 채 달려오고 있다. 전후 사정을 모르는 사람이 본다면 우인혜에게 사랑이라도 고백하러 오는 줄 알겠다.

'으! 도대체 내 순결한 몸을 온통 더듬고서 장인까지 찍어 놓은 인간은 누구냐구! 그 망할 인간 때문에 내가 이런 곤란한 꼴이 되어 버렸잖아!'

전날 천면귀마에게 당한 내상.

현재, 전혀 남아 있지 않다. 흔적조차 없이 사라졌다.

그러나 더불어 옥체에 남겨진 두 개의 장인(掌印).

큼지막한 게 필경 사내의 것이 분명한 장인은 오늘날까지 흐릿한 자국을 남기고 있었다. 회음혈과 가까운 하단전과 명문혈 쪽에 말이다.

대충 짐작이 가는 상황이다.

천면귀마에게 당한 우인혜의 내상은 그렇게 치료된 것일 테다.

순결한 옥체가 처음으로 외간 사내의 손길에 개방된 것과 함께.

그건 그냥 쉽게 넘길 수 없는 일이었다.

평생을 청정 도량에서 보내온 몸으로 근래 도적에서 제명당했다곤 하나 그녀는 여전히 도사였다. 이런 식으로 농락당하고 싶진 않았다. 그것이 설혹 피치 못할 사정에 의해서라도 말이다.

그래서 그녀는 적천경에게 분노했다.

장문인과 독대를 할 정도의 인물이다.

즉, 사형 신무도장이 데려온 신비의 고수가 분명했다.

한데, 그런 대인물이 자신의 몸을 제 맘대로 농락해놓곤 시치미를 뚝 떼다니!

'……그렇게 생각했는데, 평범한 팔괘연환장조차 받아내지 못하고 부상을 당할 줄이야!'

그렇다.

전날 밤 우인혜는 마지막으로 적천경에게 해명의 기회를 줬고, 여전히 딴청을 피우는 그를 팔괘연환장으로 공격했다. 그의 본신 무공을 드러내게 압박을 가하기 위함이었다.

하지만 결과는 대실패였다.

팔괘연환장에 얻어맞고 바닥에 쓰러진 적천경은 피까지 게워내 우인혜를 당황케 했다. 가뜩이나 미운털이 잔뜩 박힌 터에 무당파에서 완전히 쫓겨날 판이 된 것이다.

그래서 그녀는 무조건 적천경에게 약속할 수밖에 없었다. 무당파에 있는 동안 무슨 부탁이든 다 들어주겠다고 말이다. 그렇게라도 위기를 벗어나야만 했다.

그때 적천경이 빙글거리며 다가왔다. 정말 미운 얼굴이다.

"하하, 우 소저, 이런 곳에서 만나게 되었군요?"

"아, 예."

떨떠름한 우인혜의 대답에 적천경이 갑자기 손으로 입을 막고 잔기침을 터뜨렸다.

"콜록! 콜록!"

"아, 아직 내상이 완치되지 않으신 건가요?"

"그냥 사래가 들렸을 뿐이오. 침을 잘못 삼켜서 그런가?"

"……그럼 내상은?"

"이미 깨끗이 나았소. 역시 무당파의 내상 성약은 효과가 최고인 것 같소."

적천경이 자신의 가슴을 한 손으로 팡팡 두들겨 보였다. 얼굴에도 역시 미소가 머물러 있다. 누가 봐도 방금 전까지 사레가 들려서 기침을 해대던 사람의 얼굴은 아니다.

'또 날 희롱했구나!'

우인혜가 이를 악물고는 안색을 굳혔다. 여전히 웃고 있는 적천경의 얼굴이 밉다.

그러자 적천경이 미소를 거뒀다.

"우 소저, 부탁을 좀 드려도 되겠소?"

"하아, 말씀하세요. 어차피 그러기 위해 날 찾아온 것일 테니까요."

"딱히 그런 건 아닌데……."

"그냥 말하라니까요!"

우인혜의 뽀족해진 목소리에 적천경이 슬쩍 자라목을 해 보이며 뒤로 물러섰다. 다시 그녀가 팔괘연환장이라도 날릴까봐 겁을 집어먹은 표정이다.

"우 소저, 화 내지 마시오. 무섭소."

"으윽!"

주먹까지 꽉 쥐어 보인 우인혜가 다시 한숨과 함께 고개를 숙여보였다.

"하아, 적 도우, 그냥 말하세요. 그대로 따를 테니까."

"하하, 과연 우 소저시오!"

"……."

"죄송하지만 지금부터 자소봉 일대를 빠짐없이 안내해 주셨으면 하오."

우인혜의 눈에 이채가 어렸다.

"적 도우는 무리한 부탁을 하는군요."

"무리한 부탁이었소?"

"그래요. 아주 무리한 부탁이에요. 적 도우는 자소봉 일대를 안내해 주길 원하는 게 아니라 대천강진세의 요로를 알려주길 원하시는 것 같으니까요. 그렇지 않나요?"

"……."

적천경이 우인혜의 반짝이는 눈을 보며 내심 고개를 끄덕여 보였다. 역시 자신이 사람을 잘 못 본 게 아님을 확인한 까닭이었다.

그는 지난 이틀간 학도 구손과 보냈다.

그에게 대천강진세에 대한 기본 지식을 전수받기 위함이었다.

이는 적천경의 고집이었다.

무당파의 어떤 사람보다 구손이 대천강진세에 대해 잘 알고 있으리란 확신의 소산이었다.

하지만 구손의 빼어남을 간파한 건 적천경만은 아니었다. 적어도 외인인 적천경에게 그를 맡겨두고 싶은 생각은 없었음이 분명하다.

오늘 아침, 구손은 장문령을 받아 다시 해검지로 떠나갔다. 무당파의 동의 없이 자소봉을 오르다 대천강진세에 갇힌 무림인들을 풀어주기 위함이었다.

대신 적천경에게 온 사람은 무당 장로 중 한 명이자 십검의 일좌인 질풍쾌속검(疾風快速劍) 현양진인(玄陽眞人). 무당파 제일의 쾌검객이었다.

물론 진법에 관해선 구손에 비교조차 되지 않는다.

그냥 구색만 맞출 수 있는 수준이었다.

천원.

적천경이 담당해야 할 그 자리만을 그는 오전 내내 앵무새처럼 떠들어 댔다. 그 외엔 아는 바가 없는 것처럼 말이다.

그래서 적천경은 그를 따돌리고 자소궁을 나올 수밖에 없었다. 꼬장꼬장하고 융통성이 무척 부족해 보이는 그에게 자신이 얻을 게 없다는 판단을 내린 까닭이었다.

'그 진인…… 아직까지 측간 주변을 배회하고 있지는 않으시겠지?'

아랫배를 틀어쥐고 종종걸음 치던 자신에게 측간을 알려

주던 현양진인의 모습!

그 붉은 얼굴에 근엄한 풍모를 떠올리며 내심 미소 지은 적천경이 우인혜를 향해 어깨를 한차례 추어 보였다. 무당파는 만만치 않으니 더 이상 속내를 숨겨선 안 되겠다 여긴 것이다.

"우 소저의 말 대로요."

"역시!"

"하지만 내게 다른 뜻이 있는 건 아니니, 걱정할 필요는 없소."

"다른 뜻이란 게 뭐죠?"

"나는 무당파의 친구요. 대천강진세의 천원을 책임지기 위해 초빙된 사람이오. 그러니 우 소저가 의심할 필요는 없다는 뜻이오."

"말도 안 되는 소리!"

살짝 목청을 높여 보인 우인혜가 눈을 번뜩이며 말했다.

"대천강진세의 천원은 진세의 핵심 중의 핵심이에요! 어찌 적 도우 같은 사람이 그곳을 맡을 수 있다는 거죠?"

"그러게 말이오."

"에?"

"나도 맨 처음엔 우 소저처럼 말했소. 하지만 무당파에 도착한 후 저간의 사정을 알게 되었소."

"그 저간의 사정이란 게 뭐죠?"

"나는 무공은 별로지만 기문진법에 일가견이 있소. 제법 괜찮은 실력이오. 그래서 대천강진세의 천원을 칠성검주(七星劍主)이신 현허 대장로님 대신 책임질 수 있는 것이오. 물론 그러기 위해선 대천강진세에 대해 지금보다 많이 알아야만 하겠지만 말이오."

"그럼 그러면 되잖아요! 자소궁에는 나보다 훨씬 대천강진세에 대해 잘 아는 사람이 많다고요!"

"그럴 것이오. 하지만 나는 우 소저에게 도움을 받고 싶소. 그러고 싶은 것이오."

"그, 그게 무슨……."

우인혜가 저도 모르게 말을 더듬거리다 입을 다물었다. 자신을 빤히 바라보고 있는 적천경의 진지한 표정에 일시 가벼운 현기증을 느낀 까닭이었다.

잠시뿐이었다.

"우 소저는 내게 약속한 게 있지 않소? 나는 우 소저에게 날 때려서 내상을 입힌 빚을 한시라도 빨리 갚게 하고 싶은 것이오."

"……단지 그런 것 때문에?"

"아니면 다른 이유가 뭐겠소? 나는 본래 이렇게 관대한 사람이라오."

"……."

우인혜의 주먹이 다시 쥐어졌다. 진심으로 다시 팔괘연
환장을 펼치고 싶다. 눈앞에서 여전히 얄밉게 미소 짓고 있
는 적천경에게 말이다.

하지만 어찌 됐든 약속은 약속!

내심 가까스로 치솟아 오른 노기를 억누른 우인혜가 결
국 고개를 끄덕여 보였다. 항복 선언이다.

"알겠어요. 그렇게 하겠어요."

"고맙소."

"하지만 그 전에 저는 할 일이 있어요. 지금쯤 너무 배가
고파서 흙을 파먹고 있을지도 모를 사람들이 있거든요."

"조용히 따르겠소."

"따라 오겠다고요?"

"물론이오. 어차피 대천강진세에 관해선 하나도 빼놓지
않고 알아야하니 말이오."

"……."

"자! 어서 앞장서시오."

정중하게 손을 앞으로 내밀어서 권하는 적천경의 모습에
우인혜가 다시 한숨을 내쉬었다.

거머리가 달라붙었다.

오늘 중으로 떼어 내긴 곤란할 듯싶다.

＊ ＊ ＊

"……수경주에는 다음과 같이 적혀 있어요. '무당산은 산세가 수려해 봉우리가 향로 같으며 증수가 산기슭에서 발원된다.' 그리고 무당산기에는 보다 자세한 설명이 되었는데, '무당산의 둘레는 사, 오백 리. 많은 봉우리 중에 삼령이란 봉우리가 있는데 높이가 이십여 리에 달하며 늘 흰 구름에 싸여 있다. 해가 이곳에서 떠올라, 이곳에서 저물어 또한 일조산이라 한다. 하여 많은 참배자가 모여들며, 도관이 많이 세워져 있다.' 라 했어요."

"……."

"또한 무당산은 총 칠십이 봉과 삼십육 암, 이십사 간으로 구성되어 있는데, 가장 높은 봉우리가 바로 이곳 자소봉이에요. 이봐요! 남이 열심히 설명하고 있는데 어딜 또 곁눈질하고 있는 거예요!"

"……."

우인혜가 버럭 소리를 질렀다. 그러자 딴청을 피우며 산봉을 굽이치며 흘러가는 황소 모양의 구름을 바라보던 적천경이 얼른 미소 지어 보였다.

어색한 표정과 함께다.

딱 딴청을 부리지 않았다는 태도다.

그야말로 우인혜를 더욱 격분시키기 좋은 짓이다.

"그런 표정 하면 내가 그냥 넘어갈 것 같아요! 도대체가 대천강진세에 관해 알고 싶다더니, 괜히 이상한 것만 묻고 있고 말야! 자꾸 그러려거든…….."

"우 소저, 자소봉의 정상에 있는 건물의 이름은 뭐요?"

"……정상에 있는 건물이요?"

"그렇소. 그냥 쳐다보는 것만으로도 아찔해 보이는데, 저거 무당파에 속한 도관인 거요?"

"그건 금전(金殿)이에요."

"금전?"

"수십 년 전 황제 폐하의 명령으로 만들어진 도관으로 한동안 환관들이 관리했죠. 균현 부근을 지나시다가 성스러운 광채를 보셨다나?"

"성스러운 광채?"

"조시다가 꿈이라도 꿨나 보죠."

본래 당금 황실에 대한 감정이 썩 좋지 못한 우인혜였다. 그녀가 입술을 삐죽거리자 적천경이 미미하게 고개를 끄덕여 보였다.

느닷없이 성광(聖光)이라니!

무당파에서 오랫동안 수도한 도사들도 보지 못한 걸 황

제가 봤을 리 없다. 말이 되지 않는 일이었다.

하지만 그런 것만으로 수십만이나 되는 인원을 동원한다!

그게 만승천자(萬乘天子)의 위엄일 터였다.

"그럼 무당파와는 관계가 없는 것이오?"

"딱히 그렇다곤 할 수 없어요. 본파에서 매해 두 명의 제자를 보내서 천제(天祭)를 지내곤 하니까요."

"천제를 가장한 황제 폐하에 대한 무병장수와 복록을 비는 것 아니오?"

"뭐, 그런 거죠. 그런데 왜 금전에 관심이 있는 거죠?"

"한 가지만 더 묻겠소."

"내 질문부터 먼저 대답하는 게 예의잖아요!"

"금전보다 금마옥이 먼저 생긴 것 아니오?"

제멋대로인 적천경의 질문 행태에 짜증 어린 표정이 됐던 우인혜의 눈이 동그랗게 변했다. 갑자기 적천경이 어째서 이런 질문을 하고 있는지 눈치챈 까닭이었다.

"서, 설마 금전 방면이 대천강진세의 약점이라 생각하시는 건가요?"

"천원! 아마도 금전 공사 때문에 변형된 대천강진세의 핵심 축은 그곳에 두었을 거라 생각하오. 그러니 이건 좀 곤란하게 되었소."

"뭐가 곤란하단 거죠?"

"명문 정파인 무당파와 달리 금마옥의 마인들은 황실이나 관부에 대한 존중심이 없지 않겠소? 그들이 금전이 대천강진세의 유일한 약점인 걸 알게 되면 절대 그냥 넘어가진 않을 거요. 그리고 그렇게 되면 무당파가 꽤 난감해질 것 같은데…….."

"황실에서 본파에게 금전과 환관들을 지키지 못한 죄를 물을 거라 생각하시는 건가요?"

"……나만 그리 생각한 건 아닐 듯싶소만?"

"누가 또…… 아!"

우인혜가 의혹어린 표정을 짓다가 무언가를 깨달은 표정이 되었다.

황제의 부마도위를 죽인 일로 도적에서 제명되었을 때와 같다. 전혀 다르지 않았다. 그냥 무당파 전체로 상황이 확대되었을 뿐이었다.

'천원을 지키는 자리! 어째서 타문파 사람한테 부탁을 했는지 궁금했는데, 장문인의 흉중에는 그런 의도가 있었구나!'

생각해 보면 칠성검주인 대장로 현허진인과 장문인 현무진인간에는 꽤나 오래된 알력이 존재했다. 장문인의 자리를 놓고 상당한 분쟁이 있었다고 들었다.

당연히 그런 현허진인이 현무진인에겐 눈에 가시 같은 존재일 수밖에 없을 터였다. 세상의 평판에 의해 무당제일 고수의 자리를 현허진인이 차지하고 있는 것만으로도 충분히 납득이 가는 일이었다.

그렇다면 이 일을 어찌하는가.

무당파의 치부를 단숨에 파악해낸 적천경을 어찌하는가.

일시 우인혜는 혼란에 빠졌다. 갑자기 너무 일이 커져버렸다.

피식!

그런 그녀를 향해 적천경이 슬쩍 미소 지어 보였다. 일시 말문이 막힌 듯 혼란스러워하고 있는 표정이 꽤 귀엽다는 생각이 든 까닭이었다.

어찌 됐든 소기의 목적은 이뤘다.

호검관을 떠나며 줄곧 생각했던 의혹!

근래 세가 조금 기울었다곤 하나 여전히 정천맹 내에서 성세를 자랑하는 무당파다. 금마옥의 파옥이 중대 사안이라곤 하나 함부로 타문파 사람을 끌어들인다는 건 쉽게 납득이 가지 않는 일이었다.

'하지만 황실과 관계있는 일이라면 사정이 달라지겠지. 만에 하나 일이 잘못될 경우 변명 거리를 만들어둬야 할 테니까 말야. 물론 이런 못된 계획을 현무진인한테 제시한 건

황금왕 황대구일테고.'

황금왕 황대구!

황금귀상연합의 당대 주인.

그동안 황조경을 통해 많은 도움을 받긴 했으나 역시 정이 가지 않는 인물이었다.

그 같은 생각과 함께 금전 방면을 천천히 올려다보던 적천경이 갑자기 우인혜의 등 뒤로 숨었다. 두 사람 쪽을 향해 노기등등하여 달려오고 있는 현양진인을 발견한 까닭이었다.

"왜 그래요?"

"잠시만 숨겨 주시오."

"현양 사숙님한테 뭐 잘못한 거라도 있어요?"

"그게 사실은⋯⋯."

적천경이 더듬거리며 우인혜에게 설명하려할 때였다.

휘리릭!

적천경을 발견하고 순간적으로 제운종을 펼친 현양진인이 한 마리 대붕처럼 두 사람 앞에 떨어져 내렸다. 가뜩이나 붉은 얼굴이 진홍빛으로 물들어 있다.

"현양 사숙님을 뵈옵니다!"

"너는 신려⋯⋯."

"이제 우인혜입니다."

"⋯⋯그렇구나. 그래."

현양진인이 우인혜의 안색을 살피곤 애석한 표정으로 고개를 끄덕여 보였다. 그녀가 신려이던 시절 종종 검법을 지도해 주곤 하던 인연을 기억한 까닭이었다.

그래서 그는 전날 장문인에게 반항하면서까지 그녀가 도적에서 제명당하는 걸 반대했었다.

협행(俠行)을 했다.

죽어 마땅한 악도를 처단했다.

어찌 그자의 배후에 황제가 있다하여 벌을 줄 수 있으랴. 권력에 고개를 숙이는 건 결코 협객의 도(道)가 아닐 터였다.

'아깝구나! 이 아이의 재능이라면 몇 년 안에 필시 새로운 무당십검 중 한 자리를 차지할 수 있었을 터인 것을⋯⋯ 응?'

내심 눈살을 찌푸려 보이던 현양진인이 어느새 슬금슬금 뒷걸음질 치기 시작한 적천경을 봤다.

사형 현허진인을 대신할 신비의 은거 고수라 했던가?

어렵게 초빙해 왔다는 자의 태도가 정말 가관이다. 도둑고양이 같다.

"적 도우, 또 측간에 가고 싶어진 것이외까?"

"⋯⋯."

적천경이 걸음을 멈췄다.

현양진인을 돌아보는 표정에는 아쉬움이 가득하다. 진짜
그를 앞에 둔 채로 자리를 피할 수 있다고 여긴 듯하다.

"당장 빈도와 함께 자소궁으로 돌아갑시다. 장문인의 지
엄한 명을 이미 많이 어겼소이다."

"마침 잘되었습니다."

"뭐가 잘 되었다는 것이외까?"

"지금부터 금전에 올라가 볼 작정이었는데, 마침 진인께
서 오셨으니 더할 나위 없이 좋은 일이 아니겠습니까?"

"금전? 그곳은 지금 올라갈 수 없소이다!"

"대천강진세가 그곳까지 막아 놓은 것입니까?"

"그, 그건……."

"하하, 사실 그럴 수는 없는 일이겠지요. 황제의 명을 받
아 금전을 지키고 있는 환관들에게 피해를 입혀선 곤란할
테니까요. 한데, 그러면 어째서 그곳에 올라갈 수 없는 걸
까요?"

"……."

현양진인은 솔직한 사람이다.

적천경이 연달아 금전을 언급하자 언제 노기등등했냐는
듯 크게 당황한 기색이 되었다. 장로의 신분인 그로서도 현
재 금전에 관해선 쉽사리 언급할 수 없는 부분이 많았기 때

문이다.

적천경에겐 그것만으로 충분했다.

짝!

갑자기 손뼉을 친 적천경이 주변을 휘휘 둘러보곤 말했다.

"진인, 자소궁으로 가시죠."

"그, 그래도 되겠소이까?"

"물론입니다. 마침 점심시간이 되어가던 참이지 않습니까? 우 소저의 바구니에 담겨 있던 음식 중 제 몫은 없더군요."

"그런! 귀빈을 어찌 그리 접대한단 말인가!"

현양진인의 책망 어린 눈빛을 접한 우인혜가 슬쩍 인상을 구겼다. 한편에서 빙글거리고 있는 적천경이 무척 미웠다. 일부러 자신을 괴롭힌다는 생각까지 들었다.

한데, 갑자기 적천경이 미소를 거뒀다.

특출 난 기감이 원인이다.

자소봉에 오른 후 어느 때보다 예민해져 있던 그의 기감이 불현듯 괴이한 기운의 변동을 포착해냈다. 대천강진세로 인해 일정한 방향성을 지닌 채 움직이던 대기의 흐름이 묘한 격류에 휘말려든 것을 발견한 것이다.

'두 개의 방향…… 그중 하나는 자소궁인가?'

이해하기 힘든 일이다.

무당파의 고수들이 몽땅 집결해 있는 자소궁 쪽에서 어떻게 이변이 발생할 수 있는가. 이성적으로 생각해볼 때 도저히 납득이 가지 않는 일이다.

"진인, 현재 자소궁에 무당십검이 몇 분이나 머물러 계신지요?"

"자소궁에는 현재 무당십검이 빈도 외엔 없소이다. 그건 어째서 묻는 것이외까?"

"그럼 다른 분들은 다 어디로 가신 겁니까?"

"천원이 불안정하여 일곱 명이 칠성검진을 펼쳐서 대천강진세가 붕괴하지 않도록 하고 있소이다."

"그럼 자소궁은 현재 텅 비어 있는 셈이로군요?"

"자소궁엔 여전히 많은 본파의 제자들이 있소이다. 무당십검이 없어서 텅 비어 있다는 말은 가당치 않을 것이외다."

"그렇군요……."

현양진인이 적천경을 향해 노안을 찌푸려 보였다.

그가 지나치게 무당파 내정에 간섭한다는 생각에 불쾌했다.

천하의 어떤 자가 감히 무당파의 본궁인 자소궁을 텅 비어 있다고 말 할 수 있으랴.

한데, 막 적천경에게 다시 한소리 하려던 현양진인의 노안에 불신의 기색이 떠올랐다. 갑자기 자소궁 방면에서 희뿌연 연기가 치솟아 오르는 광경을 본 까닭이었다.

*　　　*　　　*

"끄억!"

"크아악!"

"무, 무량수불!"

자소궁의 이곳저곳에서 비명성이 터져 나왔다. 평상시처럼 점심 식사를 위해 식당으로 향하던 중 암습을 당해 변변찮은 저항조차 할 수 없었다.

이유는 자명하다.

무당 도사들은 함께 하던 동료 사형제의 칼에 찔렸고, 장력에 얻어맞았다.

상상조차 해본 적이 없던 배신!

순식간에 십여 명이 넘는 무당 도사들이 목숨을 잃었다.

사형제의 탈을 쓴 암습자들.

강력한 무공과 독날한 손속을 지녔다.

아예 저항조차 할 수 없게 한다.

그래도 무당이 달리 남존이라 불리는 게 아니다.

순식간에 난장판이 된 경내의 이곳저곳에서 청강검과 태극진검을 든 고수들이 뛰쳐나왔다.

일대제자급들!

그중 중심이 된 자들은 신무도장이 이끌던 진무각 출신들이었다. 무당파에서 가장 심혈을 기울여 합벽진과 차륜진을 익힌 고수들답게 대응이 무척 체계적이다. 기습을 당해 하릴없이 죽어나가는 다른 무당 도사들과는 달랐다.

혼란에 빠져 있던 전황!

이렇게 바뀔 듯 보였다. 그렇게 안정을 찾을 것 같았다.

콰득!

우직!

뿌득!

착각이었다.

검진을 펼친 채 달려들던 진무각 출신의 고수들 사이에서 끔찍한 파육음이 터져 나왔다. 그들 사이로 갑자기 추악한 용모의 꼽추가 뛰어든 것과 동시에 벌어진 일이었다.

곽채산!

갑자기 잠력격발로 일갑자나 되는 내공을 얻게 된 그는 무차별적으로 살수를 펼쳤다. 압도적인 내공을 바탕으로 진무각 출신 고수들을 완전히 박살 냈다. 악귀처럼 살육하고, 피바다를 만들어 버렸다.

당연히 잠시 느려졌던 무당 도사들에 대한 살육이 가속화되었다. 백요란을 추종하는 신마혈맹 출신의 마인들은 그야말로 피의 길을 열고 있었다.

반면 뒤늦게 자소궁에 등장한 한 명의 여인.

여전히 독특하고 야한 옷차림을 한 백요란이 손에 든 횃불을 도관에 집어던지며 슬쩍 웃어 보였다.

"호호, 이건 너무 쉽잖아? 이런 식이면, 진짜 오늘이 무당파 최후의 날이 될 수도 있겠는걸?"

"무.량.수.불!"

"응?"

그때 갑자기 자소궁의 구석 쪽에서 웅장한 도호성이 터져 나왔고, 백요란이 고개를 갸웃해 보였다.

쉬아악!

이유는 곧 밝혀졌다.

그녀의 불꽃같은 진홍의 머리칼이 바람에 거세게 흩날렸으니까. 공간을 양단하며 날아든 검날에 말이다.

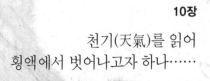

10장

천기(天氣)를 읽어
횡액에서 벗어나고자 하나……

사라락!

백요란이 후두둑 떨어져 내리는 자신의 머리카락을 힐끗 바라보곤 살짝 웃어 보였다.

간발의 차였다.

고개를 옆으로 젖히는 게 조금만 늦었어도 즉사였다. 그 정도로 날카로운 검격이었다.

하지만 본래 고수와 하수란 찰나의 차이에 불과하다.

이런 급공을 피할 수 있는 게 진짜 실력이었다.

그런 면에서 백요란은 충분할 만큼의 자격이 있었다. 금마옥에 갇히기 전, 적어도 백 전(百戰) 이상을 치렀다. 당시 그녀의 비정한 손속에 목숨을 잃은 자들 중에는 초절정급의 고수 역시 다수 존재했다.

'이기어검술(以炁馭劍術)? 만약 그랬다면 내 목은 이미 뎅겅 잘려 나갔겠지!'

뇌까림과 동시다.

터엉!

백요란의 교족이 그림같이 뒤로 젖혀서 검날을 차냈다. 다시 방향을 돌려서 자신을 공격하는 걸 미연에 방지하기 위함이었다.

그러자 하늘로 기운차게 날아오른 검!

휘리릭!

단숨에 공간을 가로질러 온 노도의 손에 회수된다. 무당 장문인 현무진인의 놀라운 접인지기다.

초절정 고수가 아니고선 흉내조차 내지 못할 수법이다.

물론 그것만으로 끝일 리 없다.

빙글!

공중에서 검날을 한차례 회전시킨 현무진인이 그대로 백요란을 일도양단해 왔다.

양의진무검!

놀라울 정도의 속도에도 불구하고 검끝이 순간적으로 두 개로 분산된다.

아니다.

네 개다. 여덟 개다. 열여섯 개다…….

일시 백요란의 상반신 전체가 양의진무검에서 분화된 검영에 휘어 감겼다. 그녀의 모습이 형체조차 남기지 못하고 사라진 것처럼 보였다.

하지만 이게 어찌 된 일인가!

따당! 타타탕!

갑자기 현무진인이 검과 함께 주춤거리며 신형을 뒤로 물렸다. 그의 양의진무검이 만들어 낸 검영 속으로 뛰어든 두 명의 대마두가 그렇게 만들었다.

청면호와 백자살홍 이서극.

개개인만으로 보자면 결코 현무진인의 상대가 되지 못하나 합공을 하면 사정이 달라진다.

두 사람 모두 신마혈맹 십팔마존에 속했던 마도의 절정 고수.

그들의 청마수갑과 협봉검이 힘을 합하니, 현무진인도 결코 경시할 수 없었다. 이런 식으로 합공을 당하리라곤 상상조차 하지 못했기 때문이다.

게다가 한 명 더 있다.

현무진인의 양의진무검이 청면호와 이서극에게 가로막히는 걸 지켜보던 백요란이 풀쩍 하늘로 날아올랐다.

도약?

그런 평범한 게 아니다.

그녀는 공중으로 떠오른 상태에서 허리를 크게 뒤로 굴신했다.

몸을 아예 동그랗게 말았다.

그와 함께 그녀의 몸에서 풀어져 나온 하얀 천.

순간적으로 현무진인의 전신을 에워싼다. 그의 몸을 휘감아서 조여 간다.

그러자 현무진인의 노안이 크게 흔들렸다.

백요란의 공격 때문이 아니다.

그녀의 몸을 휘감고 있던 하얀 천이 풀려나오며 드러난 백옥 같은 나신에 당혹한 것이다.

"옷을 입으시오!"

"싫은데요?"

"어찌 이런 말도 안 되는 짓을!"

"호호, 말이 안 되는지는 직접 맛을 보고 평가를 내리는 게 어때요?"

"……"

"아니면 이젠 너무 늙어서 일어서지도 않는 건가?"

연신 노골적인 추파와 음담패설을 내뱉으며 백요란이 현무진인을 맹공했다. 그의 검에 하얀 천을 휘감고 교족으로 머리를 사정없이 걷어차 갔다.

당연히 청면호와 이서극 역시 놀고만 있진 않는다.

그들의 청마수갑과 협봉검은 번갈아가며 현무진인의 허를 찌르고 들어왔다. 가뜩이나 백요란의 육탄 공세에 당황해 있던 현무진인에게 강한 현기증을 선사했다.

하나 현무진인이 달리 무당파의 장문인인 게 아니다.

그는 순식간에 완전한 수세에 몰리고서도 평생의 절학인 양의진무검으로 삼마존의 파상적인 공세를 버텨냈다. 반격을 포기하고 방어에만 치중하며 시간 끌기에 들어갔다. 외오궁 중 자소궁 주변에 위치한 남암궁과 오룡궁 등에서의 지원을 기다리겠다는 심산이었다.

무당파 장문인다운 선택!

그러자 백요란이 그 같은 현무진인의 의중을 간파하고 붉은 입술을 혀로 살짝 핥아 보였다.

"호호, 지원군을 기다리고 있는 건가요? 맞구나! 맞아! 하지만 이걸 어쩌나? 우리가 자소궁에 오기 전에 이미 주변 도관을 몽땅 돌아버렸는데……."

"……."

"……뭐, 너무 걱정하지 말아요. 내가 그래서 자소궁의 도관에 화끈하게 불을 질렀으니까. 조금만 기다려요. 진세를 펼치느라 자소궁을 떠난 말코 도사들이 몽땅 달려올 테

니까. 뭐, 그때까지 늙은 말코, 당신이 살아 있을진 모르겠
지만."

"……."

"우홋! 빈틈 발견!"

"커헉!"

백요란이 연신 종알거리며 떠들어대다 현무진인의 옆구
리를 발로 후려 찼다.

깔끔하다.

며칠 전 적천경에게 퇴법 강의를 들은 효과가 있는 것 같
다. 현무진인이 고통으로 노안을 일그러뜨린 채 연신 뒤로
물러섰다. 작지 않은 내상을 당했음이 분명하다.

그와 함께 좌우에서 쇄도하기 시작한 두 마존.

청면호의 청마수갑과 이서극의 협봉검이 거의 동시에 현
무진인의 몸에 상처를 입혔다. 검날이 어깨를 훑어 내리고,
수갑의 날이 허벅지를 피에 젖게 만들었다. 이제 현무진인
의 패배는 시간문제가 된 듯싶다.

바로 그때 고양이가 쥐를 데리고 놀 듯 득의만면한 삼마
존을 향해 곽채산이 달려왔다.

혈신(血身), 그 자체!

무당 도사들의 피로 목욕을 한듯 한 그의 신형은 기쾌하
기 이를 데 없었다. 현무진인을 압도적으로 몰아붙이고 있

는 삼마존과 비교해도 결코 부족하지 않을 정도의 속도였다. 잠력격발로 인해 얻은 일갑자의 내력이 그에게 절정급의 무공을 부여해 줬음이 분명하다.

"그만 물러나야겠소!"

청면호와 이서극이 동시에 소리쳤다.

"꼽추 녀석아, 무슨 헛소리냐!"

"무슨 뜻이냐?"

곽채산은 두 사람 대신 백요란을 향해 소리쳤다.

"생각보다 빨리 지원병이 몰려왔소! 아마 우리가 파악하지 못했던 다른 세력이 있었던 것일게요!"

백요란이 그제야 곽채산에게 시선을 던졌다. 얼굴에 짜증이 가득하다.

"어떤 다른 세력을 말하는 거냐?"

"그건 나도 모르오. 어쩌면 정천맹 녀석들이지 않겠소?"

"정천맹?"

백요란의 눈이 요사스럽게 번들거렸다.

그녀가 속했던 신마혈맹과 정천맹은 그야말로 불구대천의 원수였다. 결코 한 하늘을 함께 이고 살 수 없는 존재라 할 수 있었다.

그건 청면호와 이서극 역시 마찬가지다.

"크악! 정천맹 녀석들이 몰려왔다면 오히려 잘 됐다!"

"이번 기회에 그놈들도 모두 죽여 버리면 그만이다!"

두 마존이 살기를 있는 대로 일으키자 백요란이 슬쩍 손을 들어서 자제시켰다. 어느새 그녀의 표정은 본래대로 돌아왔다.

"정천맹이 끼어들었다면 우리에게 승산이 있겠냐?"

"이대로는 힘들 것이오. 하지만……."

"하지만?"

"사부님이 끼어든다면 문제될 게 없지 않겠소? 자소궁에 불이 붙었으니, 금마옥 부근에 집결해 있던 무당파 떨거지 녀석들도 큰 혼란에 빠졌을 것이오."

"결국 사백령 늙은이 좋은 일만 해 주자는 거로군?"

"사부님 없이 정천맹과 무당파 모두를 상대할 자신은 있으신 것이오?"

"건방진!"

백요란이 곽채산에게 다시 요기를 뿜어냈다. 청면호와 이서극 역시 살기가 더욱 짙어졌다.

잠시뿐이었다.

쉭쉭!

쉭쉭쉭쉭쉭!

일순 자소궁의 외곽 쪽에서 몇 개의 화살과 암기가 날아들자 삼존이 얼른 마음을 바꿨다. 곽채산 말대로 만만찮은 지원군이 도착해 공격을 감행하기 시작했다는 판단을 내린 까닭이다.

"뭐, 그럼 이만 할까?"

"……."

"……."

백요란이 짤막한 한 마디를 남기곤 바람같이 신형을 공중으로 뽑아 올렸다.

언제나와 같다.

진퇴가 정해졌으면 시간을 지체할 이유가 없다.

"늙은 말코 녀석! 운 좋은 줄 알아라!"

"무당파…… 명운이 제법 길구나!"

청면호와 이서극도 곧바로 백요란의 뒤를 따랐다. 아쉬움을 남긴 채 그리 했다.

그러자 갑작스레 현무진인에게 파고든 곽채산.

"크왁!"

삼존에게 포위된 채 압도적인 맹공에 시달리느라 완전히 기진맥진해 있던 현무진인의 입에서 피화살이 터져 나왔다. 여태까지 입었던 것의 몇 배는 될 듯한 중상을 당한 것이다.

— 소천타살마기(笑天打殺魔氣)!

적사멸왕 사백령의 성명절기다.

그동안은 내공이 부족해 사용하지 못했던 희세의 사공을
단숨에 성공시켰다.

당연히 그것만으로 끝일 리 없다.

얼른 무릎으로 현무진인의 한쪽 어깨를 제압한 곽채산이
그의 품을 뒤져서 옥병 하나와 장문령부를 찾아냈다. 오늘
자소궁을 습격해야만 했던 이유를 달성한 것이다.

'근데 이 옥병은 뭐지?'

옥병의 마개를 떼 내자 청량한 내음이 코끝을 자극해 온
다. 무림을 대표하는 희세의 영단중 하나인 자소단 특유의
향기다.

예상 밖의 성과물!

내심 히죽 웃어 보인 곽채산이 의식을 잃고 혼수상태에
빠진 현무진인을 한차례 바라보곤 얼른 신형을 날렸다. 화
살과 암기에 이어 한 떼의 무림인이 우르르 자소궁으로 난
입하는 광경을 뒤로하고서.

*　　　*　　　*

사방을 휘감은 자욱한 연기!

그 속에서 연신 신음하고 있는 부상자들.

여기 저기 떨어져 있는 병장기와 시체가 된 도사들의 참혹한 광경에 황조경은 고운 아미를 살짝 찡그렸다.

'이곳이 진정 무당파의 본궁인 자소궁이란 건가? 어떤 자들이 감히 이런 끔찍한 짓을……'

내심 고개를 저어보이던 황조경에게 소면검객 이정이 다가들었다. 그 역시 무당파의 속가제자인 만큼 표정이 어느 때보다 딱딱하게 굳어 있었다.

"부련주님, 더 이상 자소궁 내외에 악도의 모습은 보이지 않습니다."

"현무 장문인은요?"

"구손 사형께서 돌보고 계십니다."

"구손도장이요? 그분은 무공을 익히지 않으신 것 같던데……"

"학도시지요. 하지만 그래서 의학에도 조예가 깊으십니다."

"그건 다행이군요. 한데 다른 도관의 지원은 더 이상 없는 건가요?"

"예, 그게 이상해서 이미 발 빠르고, 자소봉 일대 지리에 능한 자 몇을 척후로 보냈습니다."

"수고하셨어요."

황조경이 이정에게 한마디 치하를 한 후 구손이 현무진 인을 돌보고 있다는 원무전으로 향했다.

두시진 전.

이정이 이끄는 황금귀상련 균현 지부의 무인들과 함께 해검지에 도착한 황조경은 구손을 만났다.

마침 그는 무단으로 대천강진세에 난입했다가 인생의 온 갖 고초를 경험한 무림인들을 배웅하던 중이었다. 잔뜩 성 나고, 분노한 그들을 정말 솜씨 좋게 내보냈다. 누구 하나 낯을 붉힌 채 떠나지 않게 했다.

그 노련한 모습이 황조경의 시선을 잡아끌었다.

인재!

그것도 천금을 주고도 얻기 힘들 정도의 인재란 판단.

어쩌면 당연한 일이다.

돈을 다루는 상단에서 가장 중요한 인재 중 하나가 사람 을 잘 다루는 자였다. 어떤 상황에서도 자신을 낮추고, 상 대방의 비위를 맞춰서 협상 시 원하는 결과를 이끌어내면 최고였다.

그런 면에서 구손은 정말 우월했다.

전후의 사정을 들어보면 반드시 분노해야하고 화를 내야 마땅한 자들을 봄날의 따뜻한 바람에 눈 녹듯 만들었다.

여기에 적당한 상재만 더해진다면!

어떤 불가능한 협상이든 타결할 수 있을 터였다. 분명 그런 생각이 들었다.

그래서 황조경은 구손에게 접근했다.

그를 어떻게든 꼬셔서 황금귀상련에 들어오게 할 작정이었다. 분명 그리하려 했다.

한데, 갑자기 구손이 산통에서 육효를 뽑기 시작하는 게 아닌가!

도사 중 가끔 있다.

황제(黃帝) 헌원씨 때부터 내려오는 기문둔갑술(奇門遁甲術)로 천하의 길흉화복(吉凶禍福)을 점치는 자들 말이다. 개중에는 꽤 영험하여 민중들에게 신선으로 추앙 받는 인물도 있다고 한다.

다만 황조경은 그런데 전혀 흥미가 없었다.

전장보다 더욱 치열한 상계!

칼이 아니라 재화로 싸우는 격전지에 속한 자로써 어찌 여염집 아낙들처럼 점 따위에 빠질 수 있겠는가.

하지만 구손이 연이어 육효로 애정운과 혼인운을 뽑기 시작하자 상황이 바뀌었다. 급격하게 점에 관심을 갖게 된 황조경은 구손을 따라 자소봉에 올랐고, 대천강진세를 헤집고 결국 자소궁에까지 이르게 되었다.

'요물! 구손도장은 절대 평범한 사람이 아니야!'

내심 점괘를 뽑을 때마다 해맑게 미소 짓곤 하던 구손을 떠올리며 황조경은 눈살을 찌푸렸다.

자소궁에 이르기까지 정말 반신반의했다.

점괘로 어찌 한 문파의 위기를 알아낼 수 있단 말인가.

극히 이성을 중시하는 그녀로선 받아들이기가 정말 쉽지 않았다.

하지만 눈앞의 결론은 어떠한가?

정말 깜짝 놀랄 정도로 구손의 말대로 되었다. 그가 뽑은 대흉의 점괘대로 무당파 자소궁은 피바다로 변했고, 전각 중 상당수가 화재로 소실됐다.

게다가 무당 장문인 현무진인은 중상을 당해 사경을 헤매고 있었다. 구손이 시의적절하게 도착하지 않았다면 필시 정체불명의 흉수들에게 목숨을 잃었을 게 분명하다.

'그래도 이상하긴 해. 구손도장은 미리 이런 일이 벌어질 걸 알고 있었던 것 같은데 어째서 현무 장문인께 말하지 않은 걸까?'

당연한 의혹이다.

확실히 이해가 가지 않는 대목이었다.

그 같은 생각으로 안색을 더욱 굳힌 황조경이 원무전에

이르러 나직이 목소리를 높였다.

"황조경이에요. 구손도장 들어가도 될까요?"

"들어오시지요."

구손의 목소리는 여전하다. 현무진인의 부상 정도가 어떠한지 짐작하지 못하게 한다.

"그럼 들어가겠습니다."

"예."

다시 예의를 갖춰서 말한 황조경이 원무전에 들어섰다. 장엄한 대전의 중앙에 현무진인과 구손이 있다. 여전히 의식을 차리지 못하고 있는 현무진인에게 금침을 꽂고 있는 모습이 꽤 인상적이다.

'금침술? 내상이 심각하다고 들었는데, 저런 것만으로 괜찮은 걸까?'

금침술.

혹은 금침대법은 오로지 시술자의 능력에 의해 모든 게 판가름된다. 환자에게 기적을 일으키기도 하지만 단숨에 피를 토하고 즉사하게도 할 수 있다.

즉, 절대적일만큼 침술에 자신 있지 않다면 생사지간에 처한 중상자에게 펼치지 않는 게 좋다. 적어도 내공을 다루는 무림인 사이에선 그러는 게 일반적이었다.

"현무 장문인의 상세가 위중하다고 들었습니다. 운기요

상으로 내상을 다스리셔야하지 않을까요?"

"황 도우께서 의술을 아십니까?"

"많이 알지는 못해요. 하지만 내가중수법에 당한 상처에는 침술보다는 내가고수의 운기요상법이 좋다는 정도는 알고 있어요."

"정론이십니다!"

"그럼 제가 현무 장문인의 상세를 살펴도 될까요?"

"물론입니다. 어서 오시지요."

자신에게 손짓하는 구손을 잠시 바라본 후 황조경이 현무진인에게 다가갔다.

슥!

고운 손가락을 뻗어 진맥.

살짝 눈을 감고서 현무진인의 몸속, 무수히 얽혀 있는 경락과 기경팔맥을 향해 여행을 떠난다. 복잡하게 엉켜있는 진기와 혈맥의 상처를 파악해 간다.

'응? 생각보다 괜찮잖아……!'

그렇다.

그녀가 듣던 것보다 현무진인의 내상은 심각하지 않았다.

어느 정도 혈맥에 응혈이 생기고, 진기의 흐름이 불순해지긴 했으나 크게 걱정할 바는 없어 보였다. 이미 순행의 길을 찾은 거대한 진기가 순환하기 시작한 까닭이었다.

아니다.

그런 것이 아니다.

다시 꼼꼼하게 살펴보고 황조경은 현무진인의 내상을 자연치유하기 시작한 게 구손의 금침술임을 깨달았다. 금침이 꽂혀 있는 곳을 중심으로 미세한 기운이 일어나 혈맥과 경락을 점차 진정시켜가고 있었다.

결국 황조경이 현무진인에게서 손을 떼고, 구손을 경이로운 표정으로 바라봤다.

"정말 의술이 대단하시군요. 감탄했습니다."

"별말씀을! 황 도우를 만나지 않았더라면 금일 본파는 커다란 횡액을 피할 길이 없었을 것입니다."

"그래서 말인데…… 귀파의 횡액은 이것으로 끝난 건가요?"

"아직 완전히 끝난 것은 아닙니다. 다만…….."

"다만?"

"……다만, 장문인께서 이렇게 잠드신 덕분에 본파가 금일 멸문의 위기는 넘기게 될 듯합니다."

"그게 무슨?"

"허허, 본래 천기를 읽는다는 게 그렇습니다. 그다지 연관되지 않은 듯한 일들이 모여서 하나의 큰 흐름을 만들어

내지요."

"……."

황조경이 콧잔등을 살짝 찡그려 보였다.

또 이런 식이다.

그냥 말해 주면 될 것을 신비로운 척, 미소 지으며 괴이한 소리를 내뱉는다.

*   *   *

귓전을 스쳐 가는 바람 소리.

흡사 칼날이 흐느껴 우는 것 같다.

그런 소리를 도외시한 채 금마옥 쪽으로 신형을 날려가고 있던 현양진인이 노안을 가볍게 찡그려 보였다.

'과연 이게 잘 하는 짓인지 모르겠구나……'

자소궁에서 치솟아 오른 연기!

그를 대경실색케 했다.

평생 이처럼 놀란 적이 있었는가 싶을 정도다.

한데, 곧장 자소궁으로 달려가려던 그를 적천경이 막았다. 성동격서라 했다.

그렇다면 어떤 것이 동(東)이고, 서(西)일까?

눈빛으로 질문하는 현양진인에게 적천경이 반문했다. 자

소궁을 경동케 해서 사람들을 불러 모은 후 어떤 곳을 때리겠냐고.

답은 바로 나왔다.

'……금마옥! 역시 아무리 생각해도 저들의 최종 목표는 그곳임에 분명하다! 아직 그곳에서 빠져나오지 못한 마두를 구출하고, 대천강진세를 무너뜨리려 이런 일을 획책했음에 틀림없어!'

그렇다.

그런 이유로 인해 현양진인은 있는 힘껏 내달리고 있었다.

목표는 태자파!

자소궁에서 상당히 떨어진데다 산의 반대 방향이라 연기를 보기 힘든 도관이었다. 남암궁이나 오룡궁 같은 외오궁과는 달리 무턱대고 불이 난 자소궁으로 무당 제자들이 몰려가진 않았을 터였다.

현양진인은 그곳에서 무당 제자들을 규합해서 금전으로 향하는 방면에 위치한 금마옥의 뒷길을 치려했다. 그렇게 악도들의 성동격서를 깨버리겠다 작정한 것이다.

물론 완전히 그의 의견은 아니었다.

적천경에게 들었고, 설득 당했다.

이대로 금마옥의 악도들을 놓쳐서는 안 된다는 말에 넘

어갔다.

'내 선택이 잘못 된 건 아닐 테지?'

뒤늦은 의심!

소용없는 짓이다. 무용한 일이었다. 지금 와서 다시 발길을 되돌릴 순 없었기 때문이다.

지금 할 수 있는 일을 한다!

쾌검을 다루는 자답게 현양진인은 생각을 단순화시켰다. 그렇게 태자파로 달려갔다.

*　　*　　*

적천경은 성큼성큼 금전 방면을 향해 걷고 있었다.

그의 예상대로랄까?

자소궁에서 연기가 치솟자 대천강진세는 단숨에 와해되어 버렸다.

거진 삼백 명에 달하는 무당 제자들!

그들은 잠시의 지체도 없이 진세의 위치를 벗어나 일제히 자소궁 쪽으로 달려갔다. 무당파 역사상 초유의 본궁 화재 사건에 위, 아래를 막론하고 이성의 끈을 놓아 버린 모습이다.

물론 다 그런 건 아니었다.

현양진인이 태자파로 떠난 후에도 우인혜는 계속 적천경의 뒤를 따르고 있었다. 그가 여태까지처럼 제멋대로 돌아다니다 악도를 만나기라도 할까 봐 걱정이 된 듯싶다.

　'정말 좋은 여자군. 조금 툴툴거리긴 해도 의리가 있어. 강호의 어떤 협객보다도 말야.'

　미운 정도 정이라 했던가?

　처음 만남서부터 불협화음을 냈던 우인혜를 돌아보는 적천경의 눈빛은 부드러운 온기를 담고 있었다.

　극심한 혼란에 빠진 무당산!

　그녀를 다치게 하고 싶지 않다. 황조경을 무당산 아래에 떼어놓고 온 것처럼 말이다.

　"우 소저, 내 한 가지 부탁해도 되겠소?"

　"또 부탁을 하겠다고요? 뭔데요!"

　"측간에 좀 가야할 것 같소."

　"지금요?"

　"급하오. 지금 나는 괄약근에 있는 대로 힘을 주고 있소. 아마 익숙지 않은 무당파의 소채로 며칠 간 식사한 탓에 뱃속이 놀란 모양이오."

　"……."

　우인혜가 황당한 표정이 되었다. 머리가 지끈거리며 아파오는 듯하다.

하지만 어느새 적천경은 발을 동동거리고 있었다.

진짜 급해 보인다.

당장이라도 바지를 끌어내릴 것 같다.

'그래선 안 돼!'

내심 경악에 찬 비명을 터뜨린 우인혜가 적천경에게 버럭 소리 질렀다.

"여기서 잠시만 기다리세요!"

"기다릴 수 없소! 절대 그럴 수 없소!"

"으아아!"

양손으로 머리를 쥐어뜯으며 소리를 지르던 우인혜의 눈에 십장쯤 앞에 있는 노송림이 보였다. 그 속에 들어가기만 하면 웬만한 건 절대 눈에 들어오지 않을 듯 울창하다.

"저기! 저기 가세요!"

"소나무 숲 말이오?"

"예! 거기로 가세요! 당장!"

"알겠소."

적천경이 비장한 표정으로 우인혜에게 고개를 끄덕이고 노송림으로 엉거주춤 달려가려다 확인하듯 말했다.

"우 소저, 내가 나올 때까지 기다려 주시겠소?"

"내가 왜 그래야 하죠?"

"나는 우 소저가 깨어날 때까지 곁에서 떠나지 않았소!"

"……."

우인혜가 질렸다는 표정으로 손을 휘휘 내저어 보였다. 어서 가란 뜻이다.

씨익!

적천경이 그 모습을 보고 노송림으로 향했다. 여전히 걸음은 엉거주춤 하다.

노송림에 뛰어든 것과 동시였다.

우인혜의 시야에서 벗어나자마자 적천경은 분뢰보를 전력으로 발휘했다.

목표는 금마옥!

자소궁에 연기가 솟구치며 변화하기 시작한 대기의 흐름.

대천강진세의 변화만으로 충분히 파악할 수 있었다. 확신했다. 금전으로 향하는 산길에서 얼마 떨어지지 않은 장소에 있는 금마옥의 존재를.

그렇다면 이젠 본색을 드러낼 때였다.

— 금마옥의 파옥과 마두들의 탈옥!

모두 적천경에겐 관심 밖이었다.

어차피 정사의 어디에도 속할 마음이 없는 터였다. 그렇게 한 세상을 살다가 떠나갈 작정이었다.

그런 그를 무당산에 오게 한 건 친우 곽채산.

바로 얼마 전까지 신마혈맹의 하부조직에 의해 죽었다 여겼던 죽마고우의 소식이었다. 그가 금마옥에 갇혀 있었다는 정보가 칠 년만의 강호행을 이끌어냈다.

당연히 적천경은 애초부터 현허진인을 대신해 대천강진세의 천원이 될 생각이 없었다. 진짜 곽채산이 금마옥에 갇혀 있다면, 오히려 탈출을 도와야 할 터였기 때문이다.

그럴 수밖에 없었다.

현재 그의 무위는 칠 년 전과 달랐다.

신마혈맹에게 그랬던 것처럼 무당파를 상대할 수 없을뿐더러 그래서도 안 되었다. 그에겐 호검관과 지켜야할 자들이 생겼으니까 말이다.

'채산…… 조금만 기다려라! 내가 지금 널 구하러 가고 있으니까!'

내심의 중얼거림과 함께 가슴이 뜨겁게 달아오른다.

이건 칠 년 전과 같다.

조금도 달라지지 않았다.

그동안 나이를 먹었고, 세상에 길들여졌다고 생각했는데…… 완전한 착각이었다.

생생하게 과거의 기억을 되살려 거침없던 그 시절로 돌아갔다. 어떤 것도 무섭지 않던 젊음과 패기로 가슴을 가득 채워갔다.

그렇게 적천경이 금마옥을 바로 코앞에 뒀을 때였다.

"크아악!"

"우아아악!"

바람결에 실려 섬뜩한 비명성이 귓전으로 파고들었다. 마치 그의 도착을 기다리기라도 한 것처럼 말이다.

*　　*　　*

질질질…….

현허진인의 뒷덜미를 낚아챈 채 금마옥을 벗어나던 적사멸왕 사백령의 표정은 무척 밝았다.

흡사 오랜만에 산책이라도 나온 것 같다.

물론 무림을 떠들썩하게 했던 그의 흉명을 조금이라도 들은 적이 있던 사람이라면 달리 받아들일 소지가 있다.

햇수로 팔 년!

그가 금마옥에 갇혀 있던 세월이다.

중원 사도의 최후 거물이라 불리던 그가 그토록 오랫동안 타의에 의해 구속되었다가 풀려났다. 어찌 평범한 산책과 동일한 취급을 받을 수 있으랴.

당연히 금마옥을 나서자마자 산책과는 어울리지 않은 짓을 했다.

금마옥의 깨진 석문 앞.

세 명의 노도사들이 피떡이 되어 나뒹굴고 있다.

무당십검 중 세 명.

장문인 현무진인의 사형제들인 이들은 칠성검진을 이루고 있던 다른 네 명의 무당십검이 자소궁으로 떠난 탓에 순식간에 도륙당해 버렸다. 대천강진세의 세력이 크게 약화된 틈을 타 금마옥을 빠져나온 사백령이 천원을 지키고 있던 그들을 완전히 몰살시켜 버리고 만 것이다.

그러자 천원의 외곽을 지키던 삼십여 명의 일대제자들이 공포에 질려 우왕좌왕하기 시작했다. 사백령의 개세적인 무공을 보고 거진 절반쯤 넋이 나가버린 표정들이다.

그러나 그것도 잠시 뿐.

사백령이 다시 움직였고, 또다시 자욱한 피바람이 일었다. 그가 아무렇게나 휘젓는 수장에 남아 있던 자들은 변변한 저항조차 하지 못하고 죽어갔다. 일수유도 되기 전에 수십 명이 넘게 몰살당했다.

그래도 여전히 뒤로 물러서는 자가 없다.

공포에 젖은 눈빛을 한 채 이를 악물고서 제 자리를 지킨다.

검과 하나가 되어 있다.

그게 사백령의 빈정을 상하게 만들었다.

'흥! 꼴에 명문정파의 자존심이란 건가? 힘도 없는 것들이 의기만 높아봐야 무슨 의미가 있을까?'

이런 놈들한테 팔 년이나 갇혀 있었다는 게 화가 난다.

모멸감이 든다.

손속에 더욱 살기를 깃들게 한다.

한데, 다시 사백령이 이제 몇 명 남지 않은 무당 도사를 향해 다가갈 때였다.

흠칫!

문득 뒷덜미 쪽으로 날아든 섬뜩한 기운에 사백령이 신형을 돌려 세웠다.

금마옥을 빠져나온 후 처음이다.

"넌 뭐냐?"

사백령의 살기 어린 질문에 적천경이 뒤통수를 긁적이며 대답했다.

"호검관의 적천경."

"적천경?"

"그래, 염왕부(閻王府)에 가서 누구 때문에 왔냐고 묻거든 그리 말하면 돼."

"푸핫!"

사백령이 이를 드러내며 대소를 터뜨렸다.

즐거워 보이는 표정.

하나 눈빛은 전혀 그렇지 않다. 조금도 웃지 않는다.

〈다음 권에 계속〉